नीरज की पाती

नीरज

हिन्द पॉकेट बुक्स
पेंगुइन रैंडम हाउस इम्प्रिंट

हिन्द पॉकेट बुक्स

यूएसए | कनाडा | यूके | आयरलैंड | ऑस्ट्रेलिया | सिंगापुर
न्यू ज़ीलैंड | भारत | दक्षिण अफ्रीका | चीन

हिन्द पॉकेट बुक्स, पेंगुइन रैंडम हाउस ग्रुप ऑफ़ कम्पनीज़ का हिस्सा है,
जिसका पता global.penguinrandomhouse.com पर मिलेगा

पेंगुइन रैंडम हाउस इंडिया प्रा. लि.,
चौथी मंजिल, कैपिटल टावर -1, एम जी रोड,
गुड़गांव 122 002, हरियाणा, भारत

पेंगुइन
रैंडम हाउस
इंडिया

प्रथम हिन्दी संस्करण हिन्द पॉकेट बुक्स द्वारा 1990 में प्रकाशित
यह हिन्दी संस्करण हिन्द पॉकेट बुक्स में पेंगुइन रैंडम हाउस द्वारा 2022 में प्रकाशित

10 9 8 7 6 5 4 3 2

ISBN 9789353495626

www.penguin.co.in

FSC
www.fsc.org
MIX
Paper from
responsible sources
FSC® C047271

This is a legitimate digitally printed version of the book and therefore might not
have certain extra finishing on the cover.

हिन्द पॉकेट बुक्स

नीरज की पाती

गोपालदास 'नीरज' हिन्दी साहित्यकार, शिक्षक एवं कवि सम्मेलनों के मंचों पर काव्य वाचक एवं फ़िल्मों के गीत लेखक थे। नीरज का जन्म 4 जनवरी 1925 को ब्रिटिश भारत के संयुक्त प्रान्त आगरा व अवध, जिसे अब उत्तर प्रदेश के नाम से जाना जाता है, में इटावा जिले के ब्लॉक महेवा के निकट पुरावली गाँव में बाबू ब्रजकिशोर सक्सेना के यहाँ हुआ था। वे पहले व्यक्ति थे जिन्हें शिक्षा और साहित्य के क्षेत्र में भारत सरकार ने दो-दो बार सम्मानित किया, पहले पद्म श्री से, उसके बाद पद्म भूषण से। यही नहीं, फ़िल्मों में सर्वश्रेष्ठ गीत लेखन के लिये उन्हें लगातार तीन बार फिल्म फेयर पुरस्कार भी मिला। उत्तर प्रदेश की अखिलेश सरकार ने नीरज को भाषा संस्थान का अध्यक्ष नामित कर कैबिनेट मन्त्री का दर्जा दिया था। नीरज ने दिल्ली के एम्स में 19 जुलाई 2018 की शाम लगभग 8 बजे अन्तिम सांस ली।

क्रम

□

गीत और कविताएं

काँपती लौ, यह सियाही, यह धुआं, यह काजल,
उम्र सब अपनी इन्हें गीत बनाने में कटी
कौन समझे मेरी आँखों की नमी का मतलब
ज़िन्दगी वेद थी पर जिल्द बँधाने में कटी

नीरज की पाती

पहले तो रोज़ मिला करती थीं तुम छिप-छिपकर
अब है य' हाल कि ख़त तक से मुलाक़ात नहीं,
रात के ख़्वाब सुनाती थीं जिसे तुम दिन में
उससे कहने को तुम्हें आज कोई बात नहीं।

मैं वहीं हूँ जिसे वरदान फ़रिश्तों का समझ
तुमने आँखों में रचा था कभी काजल की तरह,
और हँस-हँस के सदा प्यार को जिसके तुमने
सर पै ओढ़ा था किसी रेशमी आँचल की तरह।

याद शायद हो तुम्हें गोद में मेरी छिपकर
तुम ज़मीं तो क्या फ़लक तक से नहीं डरती थी,
और माथे पै सजाकर मेरे होंठों के कँवल,
खुद को तुम मिस्र की शहज़ादी कहा करती थीं।

तुमने तो क़ौल किया था कि हो चाहे कुछ भी
तुम मेरे गीत को हर हाल में दुहराओगी,
और सो जायेंगे जब थक के मेरे तार-सितार
तान बनकर के मुझे खोजती तुम जाओगी!

चार दिन में ही मंगर भूल गयीं तुम सब कुछ
किस तरह हूँ मैं कहाँ—यह भी तुम्हें ज्ञात नहीं,
हर खुशी तुमने बना ली है सहेली अपनी
जब मेरी आँख के आँसू भी मेरे साथ नहीं।

रोज़ ही दे गयी हर सुबह नये ग़म का संदेश
बस तुम्हारी ही खबर कोई हवा लायी नहीं,
आ के हर रंग की बदली ने पुकारा लेकिन
जिसको आना था—वही श्याम घटा आयी नहीं।

तुम न आयीं औ' मेरे फूल से सुन्दर सपने
एक निर्धन की उमीद़ों की तरह टूट गये,
घर में दो-चार जो मेहमान थे अरमानों के
एक बेवा की जवानी की तरह रूठ गये!

कैसे बतलाऊँ तुम्हें, तुम हो नहीं तो मुझ पर
कितनी भारी है हुई उम्र की छोटी-सी डगर,
दुनिया दिखती है किसी क़ब्र की शम्मा की तरह
जीना लगता है कि हो जैसे गुनाहों का सफ़र।

आते-जाते कभी दिख जाओ तुम इस लालच में
आँख खिड़की पै ही रहती है खड़ी दिन दिन भर,
तुमको वेचैन न कर दे कहीं बादल कोई
रोज़ मौसम को मनाता हूँ कसम दे देकर!

मेरे गीतों की किताबें वे कि जिन पर उस दिन
नाम तुमने था लिखा खुद का मेरे नाम के साथ,
आज मोटी-सी परत धूल की उन पर है जमी
बाँचती है उन्हें दीमक बड़े आराम के साथ!

जिसकी तारीख़ बदलती थीं तुम नित आ आकर
वह कलेण्डर भी तुम्हारे ही इन्तजार में है,
फूल तुम जिसमें सजाती थीं बड़ी मेहनत से
कोट का काज वह सूना भरी बहार में है!

और लम्बी न करो मेरी प्रतीक्षा की उमर
जिस तरह से भी बने एक घड़ी आ जाओ,
ज़िन्दगी बन के जो आना है नहीं मुमकिन तो
मौत बनकर ही जवानी पै मेरी छा जाओ।

आखिरी खत

आज की रात तुझे आख़िरी ख़त और लिख दूँ
कौन जाने यह दिया सुबह तक जले-न-जले?
बम्ब-बारूद के इस दौर में अब ऐ हमदम
ऐसी रंगीन हवा फिर कभी चले-न-चले!

ज़िन्दगी सिर्फ है खूराक टैंक-तोपों की
और इन्सान है एक कारतूस गोली का,
सभ्यता घूमती लाशों की एक नुमायश है
'और है खून' नया रंग नयी होली का!

कौन जाने कि तेरी नर्गिसी आँखों में कल
स्वप्न सोये कि किसी स्वप्न का मरण सोये
और शैतान तेरे रेशमी आँचल से लिपट
चाँद रोये कि किसी चाँद का कफ़न रोये!

कुछ नहीं ठीक कि कब मौत के इस घाट में
किस समय किसके सबेरे की शाम हो जाये
डोली तू द्वार सितारों के सजाये ही रहे
औ' यह बारात अँधेरे में कहीं खो जाये!

मुफलिसी भूख ग़रीबी से दबे देश का दुःख
डर है कल मुझको कहीं ख़ुद से न बाग़ी कर दे
ज़ुल्म की छाँह में दम तोड़ती साँसों का लहू
स्वर में मेरे न कहीं आग-अँगारे भर दे!

चूड़ियाँ टूटी हुई नंगी सड़क की शायद
कल तेरे वास्ते कंगन न मुझे लाने दें
झुलसे बाग़ों के धुआँ खाये हुए पात-कुसुम
गोरे हाथों में न मेंहदी का रंग आने दें!

यह भी मुमकिन है कि कल उजड़े हुए गाँव गली
मुझको फुरसत ही न दें तेरे निकट आने की
तेरी मदहोश नज़र की शराब पीने की
और उलझी हुई अलकें तेरी सुलझाने की!

फिर अगर सूने पड़े द्वार सिसकते आँगन
क्या करूँगा? जो फ़र्ज़ को ललकार उठे?
जाना होगा ही अगर अपने सफर में थककर
मेरे हमराह मेरे गीत को पुकार उठे!

इसलिये आज तुझे आख़िरी ख़त और लिख दूँ
आज हर ज़ुल्म की तलवार से टकराऊँगा
गोरी-गोरी-सी तेरी सन्दली बाँहों को क़सम
लौट आया तो तुझे चाँद नया लाऊँगा!

आज की रात

आज की रात बड़ी शोख़, बड़ी नटखट है
आज तो तेरे बिना नींद नहीं आयेगी,
आज तो तेरे ही आने का यहाँ मौसम है,
आज तवियत न ख़यालों से वहल पाएगी!

देख! वह छत पै उतर आई है सावन की घटा,
खेल खिड़की से रही आँख-मिचौनी बिजली,
द्वार हाथों में लिये बाँसुरी बैठी है बहार
और गाती है कहीं कोई कुयलिया कजली!

'पीऊ' पपिहे की, यह पुरवाई, यह बादल की गरज
ऐसे नस-नस में तेरी चाह जगा जाती है
जैसे पिंजरे में छटपटाते हुए पंछी को
अपनी आजाद उड़ानों की याद आती है!

यह दहकते हुए जुगनू—यह दिये आवारा
इस तरह रोते हुए नीम पै जल उठते हैं
जैसे बरसों से बुझी सूनी पड़ी आँखों में
ढीठ बचपन के कभी स्वप्न मचल उठते हैं!

और रिमझिम यह गुनहगार, यह पानी की फुहार
यूँ किये देती हैं गुमराह वियोगी मन को
ज्यूँ किसी फूल की गोदी में पड़ी ओस की बूँद
जूठा कर देती है भौरों के विकल चुम्बन को!

पार जमना के सिसकती हुई विरहा की तान
चीरती आती है जो धार की गहराई को
ऐसा लगता है महकती हुई साँसों ने तेरी
छू दिया है किसी सोई हुई शहनाई को!

और भीनी-सी यह चम्पा की नशीली ख़ुशबू
आ रही है कि जो छन-छन के घनी डालों से,
जान पड़ता है किसी ढीठ झकोरे से लिपट
खेल आई है तेरे उलझे हुए बालों से!

आजा अब तो ओ कँवल-पात-चरन, चन्द्र-बदन
सांस हर मेरी अकेली है, दुकेली कर दे!
सूने सपनों के गले डाल दे, गोरी बाँहें
सर्द माथे पै ज़रा गर्म हथेली धर दे!

पर ठहर, वे जो वहाँ लेटे हैं फुटपाथों पर
सर पै पानी की हरेक बूँद को लेने के लिये,
उगते सूरज की नयी आरती करने के लिये
और लेखों को नयी सुर्खियाँ देने के लिये!

और वह झोंपड़ी छत जिसकी स्वयं है आकाश
पास जिसके कि ख़ुशी आते शर्म खाती है,
गीले आँचल ही सुखाते जहाँ ढलती है धूप
छाते छप्पर ही जहाँ ज़िन्दगी सो जाती है!

पहले इन सबके लिये एक इमारत गढ़ लूँ
फिर तेरी साँवली अलकों के सपन देखूँगा,
पहले हर दीप के सर पर कोई साया कर दूँ
फिर तेरे भाल पै चन्दा की किरन देखूँगा!

शाम का वक्त है

शाम का वक्त है, ढलते हुए सूरज की किरन
दूर उस बाग़ में लेती है बसेरा अपना,
धुएँ के बीच थके से शहर की आँखों में
आ रही रात है अँजनाती अँधेरा अपना।

ठीक छः दिन के लगातार इन्तज़ार के बाद
अभी ही आई है ऐ दोस्त! तुम्हारी पाती,
अभी ही मैंने जलाया है दिया कमरे में
अभी ही द्वार से गुज़री है वह जोगिन गाती।

व्योम पै पहला सितारा अभी ही चमका है,
धूप ने फूल का अंचल अभी ही छोड़ा है,
बाग़ में सोई हैं मुस्काके अभी ही कलियाँ,
अभी ही नाव का पतवार ने रुख़ मोड़ा है।

आग सुलगाई है चूल्हों ने अभी ही घर-घर,
अभी ही आरती गूँजी है मठ-शिवालों में,
अभी ही पार्क में बोले हैं एक नेताजी,
अभी ही बाँटा टिकिट है सिनेमा वालों ने।

चीख़ती जो रहीं कैंची की तरह सारे दिन
मण्डियों बीच अब बढ़ने लगी हैं दूकानें
हलचलें दिन की जहाँ ज़ुल्म से टकराती रहीं
हाट-मेले वे अब होने लगे हैं वीराने!

बन्द दिन भर जो रहे सूम की मुट्ठी की तरह
खुल गये मील के फाटक हैं वे काले-काले,
भरती जाती है सड़क स्याह-स्याह चेहरों से,
शायद इन पै भी कभी चाँदनी नज़र डाले।

वह बड़ी रोड नाम जिसका है अब गांधी मार्ग
हल हुआ करते हैं होटल में जहाँ सारे सवाल
मोटरों-रिक्शों-बसों से है इस तरह बोझिल
जैसे मुफ़लिस की ग़रीबी पै कि रोटी का ख़याल।

और बस्ती वह 'मूलगंज' जहाँ कोठों पर
रात सोने को नहीं, जागने को आती है,
एक ही दिन में जहाँ रूप की अपरूप कली
ब्याह भी करती है और बेवा भी हो जाती है।

चमचमाती हुई पानों की दुकानों पै वहाँ
इस समय एक है मेला-सा ख़रीदारों का,
एक बस्ती है बसी यह भी रामराज्य में दोस्त!
एक यह भी है चमन वोट के बीमारों का।

बिकता है रोज़ यहीं पर सतीत्व सीता का
और कुन्ती का सब मातृत्व यहीं रोता है
भक्ति राधा की यहीं भागवत पै हँसती है
राष्ट्र-निर्माण का अवसान यहीं होता है।

आके इस ठौर ही झुकता है हिमालय का सिर,
आके इस ठौर सुबह राह भूल जाती है,
और मिलता है यहीं ठीक ग़रीबी का अर्थ,
यहीं पै भूख की तस्वीर नज़र आती है।

सोचता हूँ क्या यही स्वप्न था आज़ादी का?
रावी-तट पै क्या क़सम हमने यही खाई थी?
क्या इसी वास्ते तड़पी थी भगतसिंह की लाश?
दिल्ली बापू ने गरम ख़ून से नहलाई थी?

अब लिखा जाता नहीं गर्म हो गया है लहू
और कागज़ पै कलम काँप-काँप जाती है
रोशनी जितनी हो देता हूँ इन सवालों को,
शाम उतनी हो और स्याह नज़र आती है।

इसलिये सिर्फ़ रात भर के वास्ते दो विदा
उठूँगा होठ पै कल को तुम्हारा नाम लिये,
वृद्ध दुनिया के लिये कोई नया सूर्य लिये,
सर्द हाथों के लिये कोई नया काम लिये।

तेरा जन्म दिन

आज है तेरा जन्म-दिन, तेरी फुलवगिया में
फूल एक और खिल गया है किसी माली का,
आज की रात तेरी उम्र के कच्चे घर में
दीप एक और जलेगा किसी दीवाली का!

आज वह दिन है किसी चौक-पुरे आँगन में
बोलने वाला खिलौना कोई जव आया था,
आज वह वक्त है जब चाँद किसी पूनम का
एक शैतान शमादान से शरमाया था।

आज एक माँ की 'हृदय-साध औ' तुलसी-पूजा
बनके राधा किसी झूले में किलक उट्ठी थी,
आज एक बाप के कमज़ोर बुढ़ापे की शमा
एक गुड़िया की शरारत से भड़क उट्ठी थी।

मेरी मुमताज अगर शाहजहाँ होता मैं
आज एक ताजमहल तेरे लिए बनवाता
सब सितारों को कलाई में तेरी जड़ देता
सब बहारों को तेरी गोद में बिखरा आता।

किन्तु मैं शाहजहाँ हूँ न सेठ-साहूकार
एक शायर हूँ ग़रीबी ने जिसे पाला है,
दिया है देश-निकाला हँसी-खुशी ने जिसे
और जिसकी कि सुबह का भी गगन काला है।

काँपतो लौ, यह सियाही, यह धुआँ, यह काजल
उम्र सब अपनी इन्हें गीत बनाने में कटी,
कौन समझे मेरी आँखों की नमी का मतलब
ज़िन्दगी वेद थी पर जिल्द बँधाने में कटी।

लाखों उम्मीद भरे चाँद गगन में चमके
मेरी रातों के मगर भाग में बादल ही रहे,
लाख रेशम के नक़ाबों ने लगाये मेले
मेरे गीतों की छिली देह पै वल्कल ही रहे।

आज सोचा था तुझे चाँद-सितारे दूँगा
हाथ में चन्द लकीरों के सिवा कुछ भी नहीं
राष्ट्र-भाषा की है सेवा का पुरस्कार यही,
पास घावों के कि तीरों के सिवा कुछ भी नहीं

आज क्या दूँ मैं तुझे कुछ भी नहीं दे सकता
गीत हैं कुछ कि जो अब तक न अरे रूठे हैं
भेंट में तेरी इन्हें ही मैं भेजता हूँ तुझे
हीरे-मोती तो दिखावे हैं कि सब झूठे हैं।

प्यार से स्नेह से होठों पै बिठाना इनको
और जब रात घिरे याद इन्हें कर लेना
राह पर और भी काली जो कहीं हो कोई
हाथ जो इनके दिया है वह उसे दे देना।

कानपुर के नाम

कानपुर! आह! आज याद तेरी आई फिर
स्याह कुछ और मेरी रात हुई जाती है,
आँख पहले भी यह रोई थी बहुत तेरे लिये
अब तो लगता है कि बरसात हुई जाती है।

तू क्या रूठा मेरे चेहरे का रंग रूठ गया
तू क्या छूटा मेरे दिल ने ही मुझे छोड़ दिया,
इस तरह ग़म में है बदली हुई हर एक ख़ुशी
जैसे मंडप में ही दुलहिन ने ही दम तोड़ दिया।

प्यार करके ही मुझे भूल गया तू लेकिन
मैं तेरे प्यार का अहसान चुकाऊँ कैसे
जिसके सोने से लिपट आँख है रोई सौ बार
ऐसी तस्वीर से आँसू यह छिपाऊँ कैसे।

आज भी तेरे बेनिशान किसी कोने में
मेरी गुमनाम उमीदों की बसी बस्ती है
आज भी तेरी किसी मिल के किसी फाटक पर
मेरी मजबूर ग़रीबी खड़ी तरसती है।

फ़र्श पर तेरे 'तिलक हाल' के अब भी जाकर
ढीठ बचपन मेरे गीतों का खेल आता है,
आज भी तेरे 'फूलबाग़' की हर पत्ती पर
ओस बनके मेरा दर्द बरस जाता है।

करती टाइप किसी आफ़िस की किसी टेबिल पर
आज भी बैठी कहीं होगी थकावट मेरी,
खोई-खोई-सी परेशान किसी उलझन में
किसी फाइल पे झुकी होगी लिखावट मेरी।

'कुसरवाँ' की वह अँधेरी-सी हयादार गली
मेरे 'गुंजन' ने जहाँ पहली किरन देखी थी,
मेरी बदनाम जवानी के बुढ़ापे ने जहाँ
ज़िन्दगी भूख के शोलों में दफ़न देखी थी।

आज भी उसके ख़ताबार छिलके आवारा
मेरे पैरों से लिपटने के लिए फिरते हैं,
आज भी उसकी सिसकती हुई दीवारों से
टटे सपने मेरे चूने की तरह झरते हैं।

और ऋषियों के नाम वाला वह नामी कालिज
प्यार देकर भी न्याय जो न दे सका मुझको,
मेरी बगिया की हवा जो तू उधर से गुज़रे
कुछ भी कहना न, बस सीने से लगाना उसको।

क्योंकि वह ज्ञान का एक तीर्थ है जिसके तट पर
खेलकर मेरी क़लम आज सुहागिन है बनी,
क्योंकि वह शिवाला है जिसकी देहरी पर
होके नतशीश मेरी अर्चना हुई है धनी।

आज भी उसके डेस्कों पै झुकी जमुहाती
मेरी ठिठुरी-सी सुबह सुन रही होगी लेक्चर
आज भी उसके रजिस्टर के किसी ख़ाने को
मेरे गुमनाम या सरनाम की कुछ होगी खबर।

बात यह किन्तु सिर्फ़ जानती है 'मेस्टन रोड'
ट्यूब कितने कि मेरी साइकिल ने बदले हैं,
और 'चित्रा' से जो चाहो तो पूछ लेना यह
मेरी तस्वीर में किस किसके रंग धुँधले हैं।

गीत मैं किसके लिये लिखता हूँ यह राज़ तुम्हें
डाकिया नेहरू नगर का ही बता सकता है,
परदा जो मेरे आँसुओं को ढँके रहता है
वह तो बस कोई सितमगर ही उठा सकता है।

और वह शाम, आह! मेरी हार जीत की शाम
आँख-से-आँख मिलाके जो रह गई थी खड़ी
आज भी दिल के आईने में आठ साल के बाद
जो ही सूरत कि उसी नाज़ो-अदा से है जड़ी।

शोख़ मुस्कान वही और वही ढीठ नज़र
साथ साँसों के यहाँ तक रे! चली आई है
तीन सौ मील की दूरी, भी कोई दूरी है,
प्रेम की गाँठ तो मरके भी न खुल पाई है।

याद आती है बहुत छाँह वह इमली वाली
छाँह में जिसकी दुबारा न फिर हम घूम सकें
आज तक भूल न पाया वह चाँद पूनम का
चूमने को जिसे दौड़े, न मगर चूम सके।

आह! वह लाल हथेली, वह तुनुकती मेहँदी
अब भी सपनों के बियाबाँ में महक जाती है,
अब भी रातों के स्याह सुन्न से सन्नाटे में
एक है आग जो बुझ बुझके दहक जाती है।

किसकी अलकों की नरम छाँह में जा सो जाऊँ
अब वे रातें न रहीं, अब वे बिछौने न रहे,
किसकी तस्वीर से रोता हुआ दिल बहलाऊँ
अब वह बचपन न रहा अब वे खिलौने न रहे।

कानपुर आज जो देखे तू अपने बेटे को
अपने 'नीरज' की जगह लाश उसकी पायेगा,
सस्ता कुछ इतना यहाँ मैंने खुद को बेचा है
मुझको मुफ़लिस भी ख़रीदे तो सहम जायेगा।

कानपुर! तूने मुझे इतनी उमर तो दे दी,
किन्तु रहने को तीन गज़ ज़मीन दे न सका,
पोंछ लूँ जिससे मैं अपने ये सुलगते आँसू,
मेरे गीतों को एक आस्तीन न दे सका।

तेरे बाज़ार में बिकता भी तो मैं ख़ुश होता
बिक के इस गाँव मगर चैन न पा सकता हूँ,
उठाके शीश इजाज़त जो मिली चलने की
शहर ये छोड़ के मैं नर्क में जा सकता हूँ।

साल भर बाद बुलाया है तूने आज मुझे,
चाहे कुछ भी तू कहे, यूँ न मैं आ पाऊँगा,
पालकी कवि की उठाना तुझे जब आ जाये,
मुझको लिखना मैं तुझे दौड़ के मिल जाऊंगा।

और तब तक के लिए अपने कारख़ानों को,
ख़ूब समझा दे कि उगलें न ज़हर धरती पर,
यूँ ही पीती न रहेगी मेरी धरती यह धुआँ
यूँ ही रोती न रहेगी नये भारत की नज़र।

प्यार करके निभाना

प्यार करके जो निभाना ही नहीं था तुझको
किसलिये तू मेरे सपनों के निकट आई थी?
किसलिये होंठ मेरे होंठ से गरराये थे?
किसलिये आँख मेरी आँख से उलझाई थी?

मैं तो समझा था तेरी श्याम अलक में गुँथकर,
मैं किसी स्वर्ग की बगिया में पहुँच जाऊँगा,
और काजल में तेरी आँख के घुलकर मिलकर,
मोती सब मानसरोवर के उठा लाऊँगा।

ज्ञात यह किन्तु नहीं था कि प्यार तेरा भी,
रुपहले चन्द ठीकरों का ख़रीदार ही है,
क़ैद है तेरी कलाई भी किसी कंगन में,
तू भी सोने की घूमती हुई झंकार ही है।

तू तो कहती थी कि सूरज के चले जाने पर,
जैसे फूलों की हँसी सूखके झर जाती है,
जैसे आंधी के थपेड़े में मोमबत्ती की
काँपती लौ न किसी तौर भी जल पाती है,

वैसे ही तेरी जवानी की महकती चादर
मेरी बाँहों को जुदाई नहीं सह सकती है,
तू तो रह ले भी किसी भाँति, मगर साँस तेरी;
तेरे ग़म में न किसी हाल में रह सकती है।

और अब आज ही तू प्यार को बदनाम बना,
अजनबी जाँघ पै सर रखके कहीं लेटी है,
और बैठा हूँ मैं हाथों में लिये कुछ तिनके;
जब कि नस-नस मेरी रस्सी की तरह ऐंठी है।

मखमली गर्म बिछौने की गरम बाँहों में
आह! चूड़ी तेरी रह करके खनकती होगी,
मेरी जब रात अँधेरी है तेरी रातों में
टिकुली कोई तेरे माथे पै दमकती होगी।

मेरी बगिया में जब एक फूल नहीं, पात नहीं,
तूने तब खुद को गुलाबों से सजाया होगा,
तुझको देखे बिना जब आँख यह पथराई है
तब किसी ने सीने से लगाया होगा।

उफ़! यह बेशर्म दरद अब न सहा जाता है,
जी में आता है कि इस दिल पै अँगारे धर दूँ,
टिमटिमाती हुई इस लौ पै सियाही मल दूँ,
और इस साँस को मरघट के हवाले कर दूँ।

क्रोध आता है तेरी शोख़ अँखड़ियों पै मगर,
दोष इस सबके लिए दूँ तो तुझे दूँ कैसे?
तेरी मर्ज़ी तो तेरी अपनी नहीं मर्ज़ी है,
तू भी मजबूर है मजबूर हैं हम सब जैसे।

पूँजी-मसनद के सहारे पै टिकी दुनिया में,
प्यार बिकता है गली-गाँव खिलौने की तरह
होता ईमान है नीलाम बर्तनों की तरह
बिछाई जाती है औरत रे! बिछौनों की तरह

तूने ख़ुद ही न मेरे हाथ का छोड़ा है साथ,
तेरी मजबूर ग़रीबी ही मुझे छोड़ गई,
बू तो हटती न मेरे पथ से किसी क़ीमत पर,
तेरी बदनाम बेबसी ही तुझे मोड़ गई।

अपनी मर्ज़ी से नहीं, दूसरे की मर्ज़ी से
बेचना तुझको पड़ा है जवान तन अपना,
झूठी मुर्दार रूढ़ियों की हिफ़ाज़त के लिये
मारना तुझको पड़ा है शहीद मन अपना।

आदमी इतना है असहाय औ' निरुपाय जहाँ,
ऐसी दुनिया में उठो आग लगा ही डालो,
खून जो प्यार का बिखरा है गली-कूचों में,
उसकी हर बूँद का सब दाम चुका ही डालो।

अज्ञात साथी के साथ

लिखना चाहूँ भी तुझे ख़त तो बता कैसे लिखूँ?
ज्ञात मुझको तो तेरा ठौर-ठिकाना भी नहीं,
दिखना चाहूँ भी तुझे तो मैं बता कैसे दिखूँ,
पास आने को तेरे पास बहाना भी नहीं।

जाने किस फूल की मुंस्कान हँसी है तेरी,
जाने किस चाँद के टुकड़े का तेरा दर्पन है?
जाने किस रात की शबनम के तेरे आँसू हैं,
जाने किन शोख गुलाबों की तेरी चितवन है?

कैसी खिड़की है वह किस रंग के परदे उसके
तू जहाँ बैठके सुख-स्वप्न बुना करती है?
और कैसा यह बाग़ है कि रोज़ तू जिससे
अपने जूड़े के लिये फूल चुना करती है?

तेरे मुख पर है किसी प्यार का घूँघट कोई,
या कि मेरी ही तरह तुझपै कोई छाँव नहीं?
किस कन्हैया की याद करता है तेरा गोकुल?
या कि मेरी ही तरह तेरा कोई गाँव नहीं।

तू जो हँसती है तो कैसे कली चटकती है,
तू जो गाती है तो कैसे हवाएँ थम जातीं?
तू जो रोती तो कैसे उदास होता नभ,
तू जो चलती है तो कैसे बहार थर्रांती?

कुछ भी मालूम नहीं है मुझे कि कौन है तू,
तेरे बारे में सब तरह से ही अजान हूँ मैं,
तेरे होंठों के निकट सिर्फ़ बेज़ुबान हूँ मैं,
तेरी दुनिया के लिये सिर्फ़ बेनिशान हूँ मैं।

फिर बता तू ही कहाँ तुझको पुकारूँ जाकर?
सँदेसा भेजूँ किधर कौन-सी घटाओं से?
किन सितारों में तेरी रात के तारे देखूँ?
नाम पूछूँ तेरा किन सन्दली हवाओं से?

लिखके ख़त भी जो मुझे तू कहीं हुई गुम है,
इसका मतलब है तुझे मुझपै एतबार नहीं,
इसका मतलब है तेरे दिल में कहीं दर्द नहीं;
इसका मतलब है तुझे आदमी से प्यार नहीं।

किन्तु तू प्यार आदमी को करे भी कैसे?
उसकी तस्वीर आज प्यार के काबिल है नहीं,
उसका घर-द्वार फूल-हार के क़ाबिल है नहीं;
उसका ईमान ऐतबार के क़ाबिल हैं नहीं।

बेगुनाहों के ख़ून से हैं लाल उसके हाथ,
उसके पाँवों के तले है पहाड़ लाशों का,
उसकी आँखों में है सुर्ख़ी पुछे सिंदूरों की,
उसकी जेबों में रुदन है असंख्य साँसों का।

हँसते बच्चों की तालियाँ उसे पसन्द नहीं,
गुनगुनाते हुए झूलों से उसे नफ़रत है,
छमछमाते हुए बिछुओं से दुश्मनी उसकी
सिर्फ़ दुनिया की तबाही से उसे राहत है।

उसके द्वारे पै न बजती है आज शहनाई,
उसके आँगन में न उगती हैं आज मुस्कानें,
उसके तालों पै न होता है कमल का जादू,
उसके खेतों में न गाते हैं अन्न के दाने।

प्यार को वह खरीदता है भूख दे देकर,
अस्मतों को वह बेचता है खुली सड़कों पर,
ज़िन्दगी उसने सौंप दी है मौत के हाथों,
सारे संसार को कर डाला है बारूद का घर।

न्याय-इन्साफ़ एक पायदान है उसका,
सभ्यता सिर्फ़ है बुश्शर्ट नये फ़ैशन की,
धर्म-ईमान है बस झूठ मुनाफ़ाख़ोरी,
औ' कला छींट है एक रेशमीन कतरन की।

ऐसे इन्साफ पै तेरा जो है यक़ीन नहीं,
दोष मैं इसके लिये तुझको नहीं कुछ दूँगा
किन्तु अब तेरे ख़यालों में तभी आऊँगा
इस गुनहगार ज़माने को जब बदल लूँगा।

अजनबी दोस्त!

अजनबी, दोस्त! है आया तुम्हारा ख़त ऐसे,
ख़ुशी को जैसे किसी ग़म पै प्यार आ जाये,
सूनी रातों में कहीं कूक उठे ज्यों कोयल
द्वार पतझर के यों कोई बहार आ जाये।

तुमने लिक्खा है मैं शायद तुम्हें न पहचानूँ,
भूल जाना मेरे परिचय को मगर याद नहीं,
एक भी साँस तो ऐसी है न इस सीने में;
जो किसी दर्द से आबाद या बरबाद नहीं।

गीली आँखें, झुकी पलकें, औ' निगाहें खामोश,
बेध देती हैं मेरे प्राण को अक्सर ऐसे,
बाग़ में पहले-पहले रोज़ हर बहार के दिन
गंध कर देती है हर भौंरे को घायल जैसे।

भूल जाता तो तुम्हें किन्तु डबडबाई हुई,
झील में तैरती पलकों ने भूलने न दिया।
शीश पर मेरे झुकी जो रहीं आशीष की भांति
महमहाती-सी उन अलकों ने भूलने न दिया।

तुम वही हो जो मेरे दर्द भरे गीतों के
सामने बैठी थीं एक लौ सी जगमगाती हुई,
नीली साड़ी में किसी भोले बटोही का प्यार
ढाँकती-बाँधती, डरती हुई, शरमाती हुई।

मुझको है याद मेरे 'मृत्यु-गीत' को सुनकर,
कैसे घिर आई थी आँखों में तुम्हारी वह घटा
ऐसा लगता था गुलाबों की पँखुरियों पर बैठ,
ओस निकली हो देखने किसी सूरज की छटा।

आज भी याद है कल की ही तरह वह सब कुछ,
आज भी सब वही शीशे में देख लेता हूँ,
दिन की हलचल तो मुझे दम नहीं लेने देती
रात को रोज़ ही आवाज़ तुम्हें देता हूँ।

हाँ तो अब ख़त को लिफ़ाफ़े में बन्द करता हूँ,
आज ही शाम को मैं छोड़ दूँगा कलकत्ता,
इसलिये घर के पते पर ही पत्र देना तुम
तुमको मालूम तो होगा ही मेरा ठीक पता।

यह महानगरी जिसे कहते हैं हम कलकत्ता
हो रहा है जो यहाँ वह न कहीं होता है,
पेट भरने के लिए रोज़ सुबह-शाम यहाँ
आदमी ज़िन्दा आदमी की लाश ढोता है।

नील की बेटी के नाम

रात का है वक़्त, चारों ओर हैं छाई घटायें
सर्प-सी फुफकारती हैं चल रही ठण्डी हवायें,
आसमाँ पर एक तारा तक नज़र आता नहीं है,
ज़ुल्म का जैसे ज़मीं पर दीप जल पाता नहीं है।

है लगी रिमझिम झड़ो दीवार कच्ची टूटती है,
साँस जन-युग में कि पूँजीवाद की ज्यों छूटती है,
एक सन्नाटा कि हर आवाज़, हर अहसास चुप है,
एटमी-विष चाट ज्यों हीरोशिमा की लाश चुप है।

बोल उठता है कहीं लेकिन कभी कोई पपीहा,
दे रहा ज्यों प्यार को आवाज़ भारत का मसीहा
बूँद के आघात को यूँ सह रही है रात-रानी,
सह रही ज्यों गोलियों की मार गोआ की जवानी।

हैं पड़ी लाखों दरारें भूमि के गोरे बदन में,
जिस तरह लिपटे हुए हैं घाव अल्जीरी कफ़न में।
और ऐसे में बिठाये सामने लौ थरथराती,
नील की बेटी तुझे मैं लिख रहा हूँ प्रेम-पाती।

कौन हूँ क्या हूँ बताने की ज़रूरत कुछ नहीं है,
सिर्फ़ इतना जान कवि हूँ हर ज़मीं मेरी ज़मीं है?
प्रिय मुझे जितना कि भारतवर्ष जो मेरा वतन है,
कम नहीं उससे तनिक प्यारा मुझे तेरा चमन है।

उस चमन पर ही मगर है आँधियों का आज घेरा,
नील की बेटी, बता न कैसे धड़के प्राण मेरा?
विश्वभरका आइना जो वह कि शायर का जिगर है
हो कहीं, पर हर हृदय के दर्द की उसको ख़बर है।

अजनबी तू, किन्तु तेरी चोट मुझको जामती है,
मैं न जानूँ, पर क़लम मेरी तुझे पहचानती है।
और फिर तेरी हसीना नील, गंगा से हमारी,
कर चुकी है बहुत पहले दोस्ती यह सृष्टि सारी।

वे पिरामिड, ढूह वे, ममियाँ बड़ी सदियों पुरानी,
ताड़ की पाँतें, खजूरों की क़तारें आसमानी,
क़ाफ़िले वे, ऊँट वे, वे घण्टियाँ वंशी-विजन की,
प्यास रेगिस्तान की, गर्मी बगूलों के हवन की।

मस्जिदें—जिनकी अज़ानों से सुबह जग में हुई है,
वे रुई के फूल पाकर रेत जिनको हँस गई है,
सभ्यता इनसे हज़ारों साल पहले मिल चुकी है,
वह कली है कौन घर तेरे नहीं जो खिल चुकी है।

जब कि पश्चिम की अक़्ल अँगड़ाइयाँ ही ले रही थी,
तब खड़ी तू सर्द मुर्दों को जवानी दे रही थी,
जाति यूरुप की न ढँकना देह तक जब जानती थी,
आदमी का वस्त्र तब इन्सानियत तू मानती थी।

पर उसी इन्सानियत पर डालने को आज डाका,
कुछ लुटेरे मिल तुझे दिखला रहे भय गोलियों का,
पर न घबरा नील! तेरा पुत्र 'नासिर' सा जवाँ है,
साथ सारा एशिया है, साथ जब हिन्दोस्ताँ है।

हाथ जो तुझ पर उठेगा हम उसे झकझोर देंगे,
जंग की जो भी करेगा बात मुँह वह तोड़ देंगे।
चोर जो आज़ादियों का चोर वह ईमान का है,
शत्रु है जो शान्ति का वह शत्रु हर इन्सान का है।

हम बता देंगे कि कितनी नील की गहरी सतह है,
हम बता देंगे कि 'कैरो' में न चोरों की जगह है,
हम बता देंगे कि धरती पौंड से बँटती नहीं है,
धार पानी की कभी तलवार से कटती नहीं है।

'मिस्र' के ऊपर हुआ हर वार, हम पर वार होगा,
मिस्र का त्यौहार हर आज़ाद का त्यौहार होगा,
क्योंकि पानी नील का नल-कूप का पानी नहीं है
अश्क रेगिस्तान का है किन्तु बेमानी नहीं है।

और बस्ती 'मिस्र' की मज़दूर की है एक बस्ती,
हो गई मिट्टी जहाँ फारूक-सी हर एक बस्ती,
यह जली बस्ती अगर सारा जहाँ जलने लगेगा;
फ्रांस से लन्दन तलक हर दर-मकाँ जलने लगेगा,

बाग़ ही केवल नहीं, हर बाग़बाँ जलने लगेगा,
यह ज़मीं जलने लगेगी, आसमाँ जलने लगेगा,
नील! लेकिन रात यूँ हो जाय, यह मुमकिन नहीं है।
जुगनुओं से डर दिया सो जाय यह मुमकिन नहीं है।

मिस्र उठ! औ, बाँध अपने बाँध तू बेखौफ़ होकर,
बीन सूरज-चाँद के दाने किरन के बीज बोकर,
हल चला ऐसे कि रेगिस्तान सारे लहलहायें,
वे नये इन्सान गढ़ ममियाँ कि सोई जाग जायें।

फिर चलें वे क़ाफ़िले तहज़ीब के तेरे चमन से,
पूछती दुनिया फिर जिनका पता भू से, गगन से,
नील फिर लहराय, सीना स्वेज़ का इतना बड़ा हो,
जग दिखे छोटा अगर आकर जहाज़ों में खड़ा हो।

है ज़माने की नज़र बदली, हवा बदली हुई है,
टूटने को ख़ुद-ब-ख़ुद ज़ंजीर हर मचली हुई है,
है जगा इन्सान, करवट ले रही है धूल रानी,
खिल रहे हैं फूल, जनता कर रही है बाग़वानी,

नर्गिसी हर आँख उगते सूर्य पर ठहरी हुई है,
हँस रहा आँगन-मगन, हर ब्याहुली देहरी हुई है,
हर अधर पर गीत, हर घूँघट सितारों से जड़ा है,
हर गली डोली सजी, हर द्वार पर दूल्हा खड़ा है

हर चमन आबाद, खेतों बीच हल-हँसिया पड़ा है,
कह रहा है—ध्वंस से निर्माण दुनिया में बड़ा है।
आदमी के ख़ून की अब हाट जुड़ सकती है?
शान्ति की दीवार तोपों से उखड़ सकती नहीं है।

देखना है ज़ुल्म की रफ़्तार बढ़ती है कहाँ तक,
देखना है बम्ब की बौछार बढ़ती है कहाँ तक,
देखना है डालरी झंकार में कितना असर है,
उम्र नफ़रत की बड़ी या प्यार को ज़्यादा उमर है,

नील की बेटी न घबराना, समझ से काम लेना,
गर उठे तूफ़ान, हिन्दोस्तान को आवाज़ देना।

काश्मीर के नाम

भँवरों की गुनगुन वाले!
फूलों की रुनझुन वाले!
पाटल-रूप-रतन वाले!

ओ शरमीले काश्मीर उठ! दुश्मन को ललकार दे।
झूम उठें ख़ैबर-हिन्दूकुश, ऐसी नई बहार दे॥

सरहद पर बारूद लिए है आँधी खड़ी तलाश में,
घुला हुआ है जहर हवा में, धुआँ घिरा आकाश में,
लन्दन से वाशिंगटन और कराची से लाहौर तक,
तुझे मिटाने की हर कोशिश है मज़हबी लिबास में।

चढ़ती हुई उमर वाले!
जगती हुई नज़र वाले!
उठती हुई लहर वाले!

ओ श्रम के सैलाब!गन्दगी जो हो जहाँ बुहार दे।
झूम उठे ख़ैबर-हिन्दूकुश ऐसी नयी बहार दे॥

झूम रही हैं फ़सलें तेरी, भरे-पुरे खलिहान हैं,
बड़े शौक़ से नयी बहारें तेरे घर मेहमान हैं,

उपनिवेशवादी तब कुछ सैनिक अड्डों की खोज में,
नफ़रत की हद खींच बाँटने तेरा उठे मकान हैं,

एक भवन-आँगन वाले!
एक दिव्य-दर्पन वाले!
एक दिशा-दर्शन वाले!

ओ भारत के द्वार! किले की हर एक दरार दे।
झूम उठें ख़ैबर-हिन्दूकुश ऐसी नई बहार दे॥

x x x

ओ सर्जन के दूत! उलझनी लट हरएक सँवार दे॥
झूम उठें! ख़ैबर-हिन्दूकुश ऐसी नई बहार दे॥

शुभ चिनार की छाँव, छलकती झीलों वाली गागरी,
बादामों के बाग़, हवा की जिनमें बजती बाँसुरी,
पशमीना पहने पहाड़ियाँ, जड़ी नगीना घाटियाँ,
फेंक रहा है दुश्मन सब पर ही ज़ंजीरें डालरी,

चिर स्वतन्त्र छाँहों वाले!
चिर स्वतन्त्र राहों वाले!
चिर स्वतन्त्र बाँहों वाले!

ओ बसन्त के पूत्र! खड़े पतझर को चाँटा मार दे।
झूम उठें ख़ैबर-हिन्दूकुश ऐसी नई बहार दे॥

फूट रही है सुबह पूर्व में, पश्चिम का मुख स्याह है,
हर पहाड़पर सरकरती जाती निर्माणों की राह है,
माँग भर रहीं चट्टानें, वीरानों के शिर मौर है,
लिये पालकी झरने, नदियों का हो रहा विवाह है,

बौराई बगियों वाले!
गदराई अँगियों वाले!
शरमाई बिंदियों वाले!
ओ सुहाग-सिंगार! लुटे सपनों की भाँवर डार दे।
झूम उठें ख़ैबर-हिन्दूकुश ऐसी नई बहार दे॥

x x x

गर्म लहू-सीने वाले!
आग-बरफ़ पीने वाले!
मेहनत पर जीने वाले!
आ धरती के स्वर्ग!हलों को नोंके और उभार दे!
झूम उठें ख़ैबर-हिन्दूकुश ऐसी नई बहार दे!!
उठ ओ मेरे काश्मीर! बो ऐसे बीज जहान में,
खिलें प्रेम के फूल सुर्ख़ हर बारूदी वीरान में,
आज़ादी का अर्थ आँगनों में से भूख बुहारना,
और बिछाना पलँग सूर्य का मन के बन्द मकान में,
प्यार भरी बोली वाले!
स्नेह सजी डोली वाले!
गीत-गुँथी झोली वाले!
ओ प्रकाश के देश! दियों की हर बाती को प्यार दे!
झूम उठें ख़ैबर-हिन्दूकुश ऐसी नई बहार दे!!
भूल न जाना ध्येय देश का धर्म नहीं, निर्मांण है,
मन्दिर-मस्जिद तो राहें हैं, मंज़िल तो इन्सान है।
काबे की या काशी की हो, गीता या कि क़ुरान की
धरती सबकी माता, उसका सब पर प्यार समान है,

समता औ' क्षमता वाले!
दृढ़ता औ' नमता वाले!
मधुता औ' ममता वाले!

ओ समदर्शी सन्त!बदल यह परदों का संसार दे!
और जहाँ भी दिखें साँकलें काट किवाड़ उधारदे!!
झूम उठें ख़ैबर-हिन्दूकुश, ऐसी नई बहार दे!!

मीर की ग़ज़लें उसी अंदाज़ से हम चूमते हैं,
जिस तरह से सूर के पद गुनगुनाकर झूमते हैं,
मस्जिदों से प्यार उतना ही हृदय को है हमारे,
हैं हमें जितने कि प्यारे मन्दिरों-मठ-गुरुदुआरे,

फ़र्क हम पाते नहीं हैं कुछ अज़ानो-कीर्तन में,
क्योंकि जो कहतीं नमाज़ें, है वही हरि के भजन में,
ज्यों जलाकर दीप धोते हम समाधी का घिरा तम,
हैं चंढ़ाते फूल वैसे ही मफ़ारों पर यहाँ हम।

हम नहीं हिन्दू-मुसलमाँ, हम नहीं शेखो-बिरहमन,
हम नहीं काज़ी-पुरोहित, हम नहीं रामू-रहीमन,
भेद से आगे खड़े हम, फ़र्क़ से अनजात हैं हम
प्यार है मज़हब हमारा और बस इन्सान हैं हम।

राह काबे की, कि काशी की, कि हो मक्का-मदीना,
हम सभी की धूल कंकड़ को समझते हैं नगीना।
ताजमहली नूर जिसको देख सुन्दरता थकी है,
शायरी उस पर हमारी रोज़ जा जाकर विकी है।

पाकिस्तान के नाम

जा चुका पतझार, ऋतुपति आ गया दिशि दिशि मगन है,
एशिया में फूटती फिर से नई कोंपल-किरन है।
क्या कली चटकी नुमायश लग गई सारे चमन में,
यूँ हँसी है धूल जैसे बिछ गई चाँदी भुवन में।

लहलहाते खेत, हर बाली सुहागिन बन गई है,
और पटियाँ पार कर चौपाल फिर बन ठन गई है,
झूमते हैं कुंज, मेहँदी रच रही हर एक डाली,
बौर क्या फूला कि सारे बाग़ ने होली मना ली।

महमहाते पात, भौंरों पर नशा-सा छा गया है,
वे खिले हैं फूल धरती का बदन उजला गया है।
कूकती कोयल, बजाती बंसरी यूँ जंगलों में,
ज्यों कि बचपन बोल उट्ठे उम्र के सूने पलों में।

गंध-बोझिल वायु ऐसे चल रही है डगमगाती,
जा रही हो ज्यों कि पनिहारिन गगरियाँ छलछलाती।
इस तरह से धूप से पिटकर अँधेरा नत हुआ है
जिस तरह से 'मिस्र' में इंगलैण्ड बेइज़्ज़त हुआ है।

और पनघट पर किरन यूँ ज्योति का घट भर रही है,
जिस तरह दिल्ली कि दुनिया में सबेरा कर रही है।
यह सुबह है, यह समाँ है, यह समय है, यह घड़ी है
एक बदली किन्तु फिर भी आँख में मेरी खड़ी है।

क्या न जाने हो गया है जो नज़र इस तौर नम है,
क्यों न जाने मैं दुःखी हूँ क्यों न जाने दर्द कम है?
कुछ नहीं मालूम, केवल बात इतनी ही पता है
मर रहा है प्यार, मज़हब से हुई ऐसी ख़ता है।

प्यार—जिसको छोड़ दुनिया में कहीं भी दिन नहीं है,
वह मरे औ' शायरी रोये न, यह मुमकिन नहीं है।
मैं न लिखता ख़त तुझे लेकिन रहा जाता नहीं है,
दर्द ऐसा है सहूँ भी तो सहा जाता नहीं है।

शोर यह नफ़रत भरा जिसमें कि डूबी है कराँची,
सुन उसे शरमा रहे हैं रे कुतुबमीनार-साँची,
उग रही हो सिंध-तट पर फ़स्ल वह बारूद वाली,
देख उसको हो रही है ताज की तस्वीर काली,

बम्ब जिसमें बन्द है सिन्दूर हर क्वाँरी दुल्हन का,
हो रहा है ज़र्द उससे हुस्न मरियम की बहन का,
नग्न संगीनें टँगी जिन पर कि बेपरदा जवानी,
क़ब्र अकबर की फटी है याद पर उनकी कहानी,

गड़गड़ाहट टैंक की जो बादलों की हमसफ़र है,
नाद उसका सुन जुमा मस्जिद किये नीचे नज़र है।
और तोपें धज्जियाँ जिनसे ज़मीनें हो चुकी हैं,
गन-मशीनें छाँह जिनकी बस्तियाँ तक सो चुकी हैं,

एटमी हथियार—है हीरोशिमा जिनकी गवाही,
गोलियाँ—परिचित कि जिनसे खूब हर आज़ाद स्याही,
किसलिये तब तू बता इनकी सिफ़ारिश कर रहा है,
जब कि सारा एशिया खलिहान अपने भर रहा है।

पट रहीं जब खाइयाँ, जब कट रहीं साँकल-किवाड़ें,
किसलिये तब तू बनाता है हिमालय में दरारें?
आज तो सीमेंट की ही है ज़रूरत बस समय को
रे नहीं नफ़रत, मुहब्बत चाहिए टूटे हृदय को।

क्या कहा? बस हदों के हेतु यह रस्साकशी है,
इसलिये ही बस हुई दुश्मन तुझे सबकी ख़ुशी है।
गर ज़मीनें चाहिए तो तोप के मुंह बन्द कर दे,
और हर वीरान गमले में ख़ुशी के फूल भर दे,

फेंक दे बन्दूक़, हाथों में उठा वह बीन तारा,
जो अगर छिड़ जाय, दीपक' गा उठे संसार सारा,
मोड़ दे रुख़ इन जहाज़ों का उधर जाये जिधर से,
चाल ऐसी चल कि ख़ुद मंज़िल करे शादी सफ़र से,

जोत ऐसे खेत अँखुआने लगे हर एक घाटी,
वह सिंचाई कर कि सोने की फसल बन जाय माटी,
वे जला दीवे की रातें रोशनी का खेल खेलें,
यूँ दुआ कर बाग़ को आकर बहारें गोद ले लें,

वह कहानी बन कि तेरी याद हर इतिहास रक्खे,
आदमीयत हो न फिर बदहाल ऐसे ढाल सिक्के,
और दिल का आइना यूँ प्यार ले उजला बना ले,
मुस्कराहट का हमारी तू वहाँ बैठा मज़ा ले।

बात तो तब है कि जब अपने हृदय ऐसे मिले हों,
घर हमारा जग उठें जब दीप घर तेरे जले हों।
और तेरे दर्द को मेरी ख़शी यूँ दे सहारा,
आँख तेरी हो मगर उससे बहे आँसू हमारा।

दो हुए तो क्या—मगर हम एक ही घर के सेहन हैं,
एक ही लौ के दिये हैं, एक ही दिन की किरन हैं।
श्लोक के संग आयतें पढ़ती हमारी तख़्तियाँ हैं,
और होली-ईद आपस में अभिन्न सहेलियाँ हैं,

मीर की ग़ज़लें उसी अंदाज़ से हम चूमते हैं,
जिस तरह से सूर के पद गुनगुनाकर झूमते हैं,
मस्जिदों से प्यार उतना ही हृदय को है हमारे,
हैं हमें जितने कि प्यारे मन्दिरो-मठ-गुरुदुआरे।

फ़र्क हम पाते नहीं हैं कुछ अज़ानो-कीर्तन में,
क्योंकि जो कहतीं नमाजें, है वही हरि के भजन में,
ज्यों जलाकर दीप धोते हम समाधी का घिरा तम,
हैं चढ़ाते फूल वैसे ही मज़ारों पर यहाँ हम।

हम नहीं हिन्दू-मुसलमाँ, हम नहीं शेख़ो-बिरहमन,
हम नहीं काज़ी-पुरोहित, हम नहीं रामू-रहीमन,
भेद से आगे खड़े हम, फ़र्क़ से अनजान हैं हम,
प्यार है मज़हब हमारा और बस इन्सान हैं हम।

राह काबे की, कि काशी, कि हो मक्का-मदीना,
हम सभी की धूल कंकड़ को समझते हैं नगीना,
ताजमहली नूर जिसको देख सुन्दरता थकी है,
शायरी उस पर हमारी रोज़ जा जाकर बिकी है।

सीकरी जिसमें कि अब खण्डहर बसेरा ले रहा है,
आज तक उस पर हमारा प्यार पहरा दे रहा है,
याद आता है अभी भी वह अठारह सौ सतावन,
जब ज़फ़र के साथ निकले थे बुलाने हम गये दिन

और घायल हो गये थे जब जवाँ सपने हमारे,
तुम कफ़न लेकर बढ़े थे और हम लेकर अँगारे,
कौन है त्यौहार जो हमने मनाया हो न मिलकर,
साथ ही सोकर जगे हम, साथ ही हमको मिले पर।

हमनज़र हम, हमउमर हम, हमसफ़र, हमराह राही,
क्यों बनी है बीच फिर दीवार लन्दन की सियाही?
दोस्त! मेरे देख यह स्याही वही है खून वाली,
चाट ली थी सब कि जीनत महल की जिसने उजाली।

वक़्त अब भी है ज़रा पहचान ले काली-सफ़ेदी,
और नफ़रत से न कर बदनाम घर की पाक वेदी।
है घृणा अन्धी, न रहती रोशनी उसकी नज़र है,
वह न यह भी जानती मस्जिद किधर, मन्दिर किधर है?
वह बढ़ी यदि तो दुबारा कारवाँ वीरान होगा।
हम भले हों, किन्तु धरती पर नहीं इन्सान होगा।

दक्षिणी अफ्रीका की रंग भेदी नीति के नाम

हीरों के सौदागरो! उधर उस कोने में,
जो उगा रहे खेती तुम रंग भेद वाली?
डर है न पके वह फ़सल कहीं यूँ नफ़रत की,
होली बनकर जल जाय तुम्हारी दीवाली।

नफ़रत दो मुँह वाली ऐसी नागिन है जो,
औरों को सिर्फ़ न, खद को भी डस लेती है,
फुफकार मारकर जब वह फन फैलाती है,
देश के देश को कुण्डल में कस लेती है।

उसके दाँतों का ज़हर विषैला है इतना,
पीढ़ियों सभ्यता का नासूर रिसाता है,
तक्षक काटे तो तन का रंग बदलता है,
नफ़रत काटे तो मानव पशु बन जाता है।

रे घृणा नहीं, प्रेम ही सत्य है जीवन का,
वैषम्य नहीं, समता ही है लय त्रिभुवन की,
अलगाव नहीं, बस है मिलाव ही मनुज-धर्म,
विष नहीं, अमृत ही है सुन्दरता उपवन की।

सीमायें जब घट रहीं, ढह रहीं प्राचीरें,
हो बना रहे तुम सब ये काले-श्वेत क़िले,
जब एक हो रही है मनुष्यता धरती पर
तुम चाह रहे दुनिया दो खीमों में बदले।

जब शांति शांति की है पुकार दिशि दिशि व्यापी,
आमन्त्रण तुम दे रहे तो औ' गोली को?
जब सीख रही हैं निर्मम संगीनें गाना,
तुम टोक रहे हो तब कोयल की बोली को।

गोली—हा! उसकी याद न फिर से दुहराओ,
अब तक पिछले घावों में दर्द नहीं कम है—
अब तक लाखों सूनी उदास गोदियाँ देख,
हर रोज़ घरों में आकर रोती शबनम है।

सिसकियाँ भर रही हैं खिड़कियाँ अभी तक वे,
जो चाँद लजाती थीं अपने अवगुंठन से,
अब तक उजड़े से पड़े हुए हैं आँगन वे,
जो छीन गगरियाँ लेते थे हर सावन से।

हैं घूम रहे सड़कों पर आवारा-अनाथ,
वे फूल कि जो खिलते तो विश्व महक जाता,
हैं तोड़ रहे दम तम में वे गुमनाम दिये,
जो जलते तो रवि नया धरा पर उग आता।

लेकिन ऐसा अपराध कर गई अरे घृणा,
चन्दन की छाया में भी ज़हर न उतर सका,
बारूदों ने कुछ ऐसी आग बिछा डाली,
अब तक न धुएँ का कफ़न धरा से उघर सका।

औं आज कि जब तैयार कर रहे हम मरहम,
तुम सिली हुई चोटों के टाँके खोल रहे,
दुनिया जब सीख रही है कविता की भाषा,
तुम हमसे युद्धों की बानी में बोल रहे।

विध्वंस बहुत हो चुका, बहुत रो चुकी धरा,
अब तो मानवता को गाने का अवसर दो,
अब तो मसली कलियों को हँसने का हक़ दो,
अब तो धरती के शिर पर प्रेम-मुकुट धर दो।

चमड़े का रंग मनुष्य-मनुजता को बाँटे,
यह है जघन्य अपमान प्रकृति का, मानव का,
धरती पर घृणा जिये, मर जाये प्रीति-प्यार,
यह धर्म मनुज का नहीं, धर्म है दानव का।

हा! प्रेम नाम ही है रे! जिसका महाकाव्य,
यदि वही नहीं तो जीवन का क्या अर्थ यहाँ?
यदि वही नहीं तो सृष्टि सभ्यता जड़ मृत है,
यदि वही नहीं तो ज्ञान सकल है व्यर्थ यहाँ।

तन तो है केवल धूल, प्रेम ही श्वास-प्राण,
प्रेम ही प्रगति है, गति तो है बस परिपाटी,
प्रेम ही ज्योति है, रवि तो ज्वालापुंज मात्र,
प्रेम ही हिमालय, संसृति है केवल घाटी।

ईसा-समीह के पुत्रो, आज उसे ही पर,
तुम चढ़ा क्रास पर रहे खुले बाज़ारों में,
बाइबिल के पुण्य पृष्ठ से उसका नाम काट,
कर रहे दफ़न तुम उसे हज़ार मज़ारों में।

कुछ होश करो वह ज़ुल्म न सह सकता है जग,
यह ख़ून न छिप सकता है रंगे नक़ाबों में,
अपराध तुम्हारा तुम्हें न माफ़ करेगा तब,
जब ज्वार उठेगा रुके हुए सैलाबों में।

है गर्व तुम्हें जो अपनी उजल सफ़ेदी पर,
वह मिथ्या है, छल है, घमंड है चेहरे का,
रंगों का राजा तो है रंग भीतर वाला,
बाहरी रंग तो द्वारपाल है पहरे का।

फिर केवल गोरापन भी तो है कहीं नहीं,
हर एक पलक की रानी पुतली काली है,
हर गोरे दिन की मंज़िल है साँवली साँझ,
हर उजियाली के शिर की लट अँधियाली है।

दुनिया ऐसी तसवीर कि जिसके ख़ाके में,
आधी गोराई तो आधी कजलाई है,
पाँवों के नीचे है यदि गौर वरण वसुधा,
तो शिर पर श्याम गगन की छाया छाई है।

सच कहता हूँ हर गली अँधेरी होती यदि,
काला नभ लेता गोद न गोरे तारों को,
वीरान पड़े होते सब धरती के उपवन,
घनश्याम न देता यदि जलधार बहारों को।

इतिहास जिसे कहते हैं लोग ज़माने का,
वह भी तो श्वेत सफ़ों पर स्याही का धन है,
जिसकी गोदी में दुनिया थकन मिटाती है,
उस ममतामयी रात का भी काला तन है।

यह रंग-बिरंगा विश्व एक है गुलदस्ता,
जिसकी विभिन्नता ही अभिन्नता सुन्दर है,
हम भले इसे काला, उसको गोरा समझें,
हर एक कुसुम की क़ीमत यहाँ बराबर है।

माटी की तो दीवाल अर्थ कुछ रखती है,
यह रंगों की दीवाल मगर है बेमानी,
यह तो ऊपर वाले की मर्ज़ी है जो,
इसको धूमिल, उसको चादर दे दी धानी।

है पहनावे का फ़र्क़ और कुछ नहीं भेद,
हर दिल के भीतर एक दर्द की धड़कन है,
हर एक आँख में एक अश्रु है एक नीर,
हर एक श्वास एक ही बाँसुरी की धुन है।

है एक सभी की मंज़िल, सबका एक गेह,
है सबको खोज एक ही प्रियतम प्यारे की,
सब हैं गोपियाँ एक ही मुरली वाले की,
सब हैं चिनगियाँ एक ही किसी अँगारे की।

एक ही रास्ते से सब चल कर आये हैं,
एक ही रास्ते से सब चल कर जायेंगे,
कुर्ते कमीज़ ये जिनका मोह हमें इतना—
एक भी न उनकी छींट साथ ले पायेंगे।

मत लिपट चीथड़ों से मनुष्य को देख ज़रा,
उसको पहचान कि जो भेदों से ऊपर है,
उसके रंग में रंग जिसका कोई रंग नहीं,
उससे परिचय कर जो अनादि है, अक्षर है।

कटने-मिटने का नहीं वक़्त है जुड़ने का,
जो भी दरार हो जहाँ वहाँ सीमेंट भरो,
अवतरित स्वर्ग हो शीघ्र बिलखती धरती पर,
मानव मानव का समता से अभिषेक करो।

झूठी सीमाओं की रंगिल-रेखाओं में,
मत क़ैद करो जन-मन की जीवन-सीता को,
सुर-संस्कृति मानव-संस्कृति में हो जाये लय,
रचने दो श्लोक नवीन प्रेम की गीता को।

यदि उठी दुबारा आँधी तो फिर याद रहे,
ऐसा अँधियारा सारे जग पर छायेगा,
सदियों तक देख न पायेगी सूरज दुनिया,
सदियों तक कोई द्वार न दीप जलायेगा।

कल्पना के नाम

कल्पना! आह! तू कितनी मायाविनि निकली!
पहले तो नींद चुरा ली, पीछे खबर न ली,
हो गई सुबह की शाम, न पूछा पर यह भी,
है कात रही किस तरह सूत जीवन-तकली?

तेरी कजरारी पलकों के सम्मोहन में,
है कौन शाप जो मैंने जग में सहा नहीं?
तेरी अलकों का एक फूल बस पाने को,
घर लूट रहे खण्डहर से भी कुछ कहा नहीं।

भूख ने चाट ठठरी कर दी कंचन काया,
भर दिया प्यास ने लावा सूने प्राणों में।
पर तू होगी साकार एक दिन इसीलिये,
मैं खड़ा रहा इन जलते रेगिस्तानों में।

आँगन की तुलसी मुरझा गई बिना छाया,
पर तुझे सजाता रहा फूल से, चन्दन से,
दरवाज़े सूने झूले सिसका किये मगर,
बहलाता रहा तुझे भ्रमरों के गुंजन से।

मारती रहीं कोड़े आ आ आँधियाँ रोज़,
बदनामी करता फिरा अँधेरा डगर डगर,
पर तुझको मिले प्रकाश इसी से दीपक सा,
बिन बाती-स्नेह जला घुट घुट कर जीवन भर।

दुनिया के चौड़े बदतमीज़ चौराहे पर,
जब खेल रहा था फागुन होली फूलों की,
तब भी मैं बैठा रहा स्वप्न तेरे बुनता,
छाती में चुभन दबाये पथ के शूलों की।

था स्वयं देवता, पूजा किन्तु तुझे देने,
झोली ले भिक्षु बना घूमा द्वारे द्वारे,
तेरी आँखों में पानी देख न ले दुनिया,
कर दिये क़त्ल अपने जवान सपने सारे।

लोगों ने गाली भी दी तो तेरे कारण,
उत्तर उन सबका दिया पपीहे के स्वर में,
दुनिया ने लूटा भी तो तुझे रिझाने को,
मैं हँसता रहा खड़ा जीवन के पतझर में।

सोने ने पास बुलाया अपनी चमक दिखा,
संकेत कली ने किया रूप के गाँवों से,
पर हो जाये बदनाम न तेरा नाम कहीं,
सब कुछ सहकर भी लिपटा रहा अभावों से।

नाचीज़ साथ के तिनके आसमान पहुँचे,
बन गये सितारे अनपढ़ बेवकूफ़ ढेले,
पर तेरी करता हुआ साधना में अब तक,
हूँ खड़ा वहीं, हैं लगे न जहाँ कभी मेले।

मेरी परछाईं भी जब छोड़ गई मुझको,
तब भी तेरा अंचल मेरे हाथों में था,
रोशनी न कोई दिखती थी जब आसपास,
तब भी तेरा जादू मेरी रातों में था।

तू तो कहती थी जैसे वर्षा को छूकर
आ जाती है हर गर्म हवा में ठंडाई,
वैसे ही तेरे तट पर ज़रा नहाने से,
छुट जायेगी मेरे जीवन की सब काई।

पर आज यहाँ मैं धूनी सा जल रहा और,
तू खेल रही है नभ में फाग सितारों से,
मेरे गीतों की लाशों पर जब कफ़न नहीं,
तेरी साड़ी को फुरसत नहीं बहारों से।

यह थका थका औ' टूटा टूटा सा शरीर,
अर्थी सा बोझ बना है जब दुनिया भर को,
तू नन्दन में तब कल्पवृक्ष की छाँह तले,
है बाँट रही चाँदनी किसी वंशीधर को।

मेरी मुट्ठी में बन्द विशेषतायें लाखों,
तू छिटक रही है ऊषा मगर हथेली में,
खाये जाता है दुख घुन जब मेरा उपवन,
तू नहा रही है सोना-जुही-चमेली में।

मैं तो समझा था तेरे अंचल में मेरे,
आँसू का हर क़तरा शबनम हो जायेगा,
यह दर्द न जिसने सारी उम्र दिया सोने,
तू हँस भर देगी तो मरहम हो जायेगा।

लेकिन मालूम नहीं था मेरी धरती से,
सौ योजन दूरी पर है तेरा रंगमहल,
मैं कितने ही लूँ जन्म, चलूँ कितना ही पर,
हूँ चूम नहीं सकता तेरे दृग का काजल।

मुकुलित पाटल-पंखुरियों से वे अरुण अधर,
तन-गोराई जैसे हो धूप निकल आई,
वे जगती हुई सुबह से रतनारे लोचन,
सपने जिनमें लेते थे पल पल अँगड़ाई।

तोतापंखी कंचुकी, इन्द्रधनुषी चूनर,
अधरों में उँगली दाब मधुर वह मुस्काना,
मिलते ही नयन लजा घूँघट में छिप जाना,
साँवली घटाओं सा फिर झूम झूम आना।

कुछ नहीं, ख़्वाब था सिर्फ़ एक रंगीनी का,
धरती की ठोकर खाते ही जो टूट गया,
मैं अमृत भरा समझे था स्वर्ण-कलश जिसका,
कुछ नहीं, एक बिष-घट था, गिर कर फूट गया।

अब मैं हूँ, मेरे आँसू औ' मेरा तप है,
वह स्वर्ग-परी उड़ गई कि भरमाये थी,
अब मेरे आस पास हैं गिरती दीवारें,
ढह गई स्वप्न-नगरी जो सत्य छिपाये थी।

मेरे यथार्थ आ! तू कुरूप ही सही मगर,
तुझमें से जीवन की तो आहट आती है,
तेरे तन पर रेशम न सही, टाट ही सही,
पर थकी साँस छाँह तो वहाँ पा जाती है।

हों भले न तेरे पास सितारे वे छलिया,
जो हृदय चराते हैं, पर पास न आते हैं,
लेकिन तेरे घर हैं वे दीपक स्नेह भरे,
जो ख़ुद बुझ जाते पर अँधियार मिटाते हैं।

काला है तेरा रंग, बिवाई पड़े हाथ,
मन हरने वाली है न शरारत चितवन में,
फिर भी तू सुन्दर है इसलिये कि भोला है,
फिर भी तू पूज्य कि कपट न है तेरे मन में।

कोयल की बोली की मिठास तुझको न मिली,
पर तेरी बात हृदय से होकर आती है,
तू तरह तरह से प्रेम-पत्र चाहे न लिखे,
पर तेरी प्रीति प्राण से ब्याह रचाती है।

वे ऊँचे ऊँचे महल न तेरे लिये जहाँ,
बसते हैं नाग ओढ़कर केंचुल कंचन की,
तेरे जूड़े में वे गुलाब के फूल नहीं,
घायल कर भी जो बात न सुनते हैं मन की।

तू निर्धन दुखी-दलित है मेरे ही समान,
इसलिये पास आ तुझको गले लगाऊँ मैं,
हूँ बहुत कर चुका प्यार मोहनी शक्लों से,
अब आ तेरे माथे की धूल छुड़ाऊँ मैं।

मेरी लेखनी घुली है, लेकिन बिकी नहीं,
गां तेरा गीत अमर तुझको कर दूँगा में,
जिस स्वर्ग-सदन में पड़ी कल्पना सोती है,
वह स्वर्ग हथेली पर तेरी धर दूँगा मैं।

पुरानी पीढ़ी के नाम नई पीढ़ी का निवेदन

मन्दिर पर तो अधिकार पा गये तुम लेकिन
भाई! इसका दरवाज़ा तो मत बन्द करो।
बाहर जो खड़ी हुई है पीढ़ी एक नई
उसके बिस्तार का भी तो कहीं प्रबन्ध करो।

वह भूखी प्यासी राह खोजती फिरे और
तुम शकर मिलाते रहो चाय की प्याली में।
उसके सपने हो विवश तोड़ दें दम अपना
फ़ुरसत न तुम्हें दें ताश मगर दीवाली में।

कल के जो सूरज हैं न कुटी भी मिले उन्हें
बुझने वाले दीवे पर घेरे रहें महल।
उगते अंकुर मर जाएँ बिना हवा-पानी
पतझर के पत्ते पिया करें पर गंगाजल।

यह तो है न्याय नहीं तुलसी के बेटों का
ओट में बड़प्पन की सीधा सादा छज है।
हर एक प्रश्न फिर जिससे उत्तर माँग रहा,
यह ऐसा नये सवालों का झूठा हल है।

तुम श्वास-श्वास बसे हमारी वायु सदृश
जानते न हो पर पीर हमारे प्राणों की।
हमने तुमको श्रद्धा दी, पूजा दी लेकिन
तुमने न आह तक सुनी हमारे गानों की।

डगमगा रहे थे जब तुम आँधी के आगे
खोजते भोर का गाँव अँधेरी गलियों में।
वे कन्धे पुष्ट-बलिष्ठ हमारे ही थे जो
ले आये तुम्हें उठा इन फूलों-कलियों में।

औ' आज जहाँ बैठे हो तुम पालथी मार
सिंहासन नहीं, अरे वह हृदय हमारा है।
हों भले अपूज्य, मगर तुमको पूजा देकर
यह वैभव सब हमने ही तम पर वारा है।

हर एक नई पीढ़ी वह सीढ़ी है जिस पर
चढ़कर गत-युग नीचे से ऊपर आता है।
जैसे पुरवाई के झोंके पर हो सवार
बादल समुद्र से उठ नभ पर छा जाता है।

बूढ़ी सध्या को दीप दिखाता यदि न चाँद
ठोकर खाती फिरती दुनिया अँधियारी में।
जर्जर पतझर को देता यदि न बसन्त प्यार
धूल ही धूल दिखती सबकी फुलवारी में।

तट पर तुम खड़े हुए हो लेकिन याद रखो
अपने ही बल से तुम न यहाँ तक आये हो।
लाखों लहरों ने तुम्हें ढकेला है आगे
तुम तब यह सिन्धु अथाह पार कर पाये हो।

वह वर्तमान ही है जिसकी श्रद्धा पाकर
जीवित हो जाता है फिर से मुरदा अतीत।
ज्यों मलयानिल के आलिंगन में अंग-भेंट
हो अरुन बरन जाती है मृत पंखुरी पीत।

यौवन है दीपक एक बुढ़ापे के हाथों
हर जरा उसे लेकर ही पथ तय करती है।
उसके सँग रहने से ही वक़्त बदलता है
उससे ही नज़र मिलाकर नज़र निखरती है।

लेकिन तुम लेटे हुए बड़े कालीनों पर
हो भूल गये अब टाटों के बलिदानों को।
वैसे ही जैसे करके ब्याह बुढ़ापे में
है बाप भूल जाता अपनी सन्तानों को।

भूलो भूलो तुम खब मगर यह याद रहे
इतिहास थके स्वर को न शंख निज देता है।
इन घिसी हुई क़लमों से ख़त न लिखो उसको
वह सिर्फ़ जवानी का ही चुम्बन लेता है।

हर एक सृजन की पहली शर्त नव्यता है
प्रतिभा करती है ब्याह न थके हुए मन से।
सजता है नहीं सुहाग पुरानी चुनरी से
अर्चना नहीं होती है जूठे चन्दन से।

हर युग की अपनी अपनी भाषा होती है
एक ही न सिक्का चलता सदा ज़माने में।
हर पूजा का अपना गृह है, अपना पथ है
हैं सभी न कंठ मिलाते एक तराने में।

तुमने जो दिया तुम्हारे युग का वह ऋण था
हम जो दे रहे हमारे युग का दर्पण है,
दोनों की ही आरती धरा की पूजा है
दोनों की ही बाँसुरी समय की धड़कन है।

इसलिये उठो स्वागत के बन्दनवार सँजो,
अभिनन्दन करो नये युग के विश्वासों का,
यदि देर हुई तो डर है बिना कहे तुमसे,
घुस आयेगा भीतर मौसम मधुमासों का।

समकालीन गीतकार के नाम

तू लिखता है—"हो गई मौत कल कविता की
बिन कफ़न दुधमुँहे गीत दफ़न हो गये आज,
मुर्दा सी गुमसुम पड़ी धूल में है वीणा
धुन रहा शीश जैसे अनाथ, सब स्वर-समाज।

वे तानें धूप-चाँदनी जिनसे गईं झूम
अब भटक रही हैं आवारा बाज़ारों में,
वे छन्द कि जैसे खिले हुए हों ज्योति-कमल
ख़ुदकुशी कर रहे हैं छिपकर अँधियारों में।

वह मस्ती जिस पर हवा निछावर होती थी
कल्पना कि जो रवि तक से आँख मिला आई,
पिसकर दो पाटों बीच भूल की चक्की के
बेवस ऐसी है ज्यों बिधवा की तरुणाई।

झुक गया सामने आकर जिनके स्वयं स्वर्ग
वे उच्चादर्श, विचार, शान्ति-समता वाले,
कल हाय ग़रीबी ने नीलाम कर दिये सब
जब तान दिये मकड़ी ने चूल्हे पर जाले।

तुम देख गये थे गये साल इस आँगन में
मुस्काता एक फूल जो चार पँखुरियों का,
झर गया अभावों की आँधी में परसों ही,
मैं शेष मगर हूँ जैसे प्रेत ठठरियों का।

लेते थे गीत जन्म जिसकी मुस्कानों में
जब एक एक कर वे ही सब कर कूँच गये,
फिर तुम्हीं कहो इस जीवन की वधशाला में
मैं किसके लिये गीत सिरजूँ नित नये नये?"

"सच तूने बहुत सहा इस कविता के हाथों
जीने का हक़ भी मिला न तुझे जमाने में,
अपमान-उपेक्षा, भूख-अभाव, घृणा-निन्दा,
कुछ रखी किसी ने कमी न तुझे मिटाने में।

तू तिल तिल घुलता रहा, सिसकता रहा, मगर
मिट मिट कर भी तूने गीतों का दान किया,
लेकिन इतने पर भी हिन्दी के कर्णधार
सह सके न तेरे घर का जलता हुआ दिया।

गलियों-गलियों जब दीवाली के दीम जले
तब भी तेरे घर को उजियाला मिला नहीं,
घर घर रेशम के परदे टँगे मगर तेरे
सपनों के शव को एक दुशाला मिला नहीं।

आई बहार तो बगिया बगिया झूम उठी
जेठ ही सुलगता रहा किन्तु तेरे द्वारे,
पूनम जब छत छत को आकर दे गई चाँद
तू गिना किया अपने असमय डूबे तारे।

वे फटी फटी आँखें, वह पीला पीला मुख
मस्तक पर चिन्ताओं की रेखायें काली,
अव तक भूला हूँ नहीं, याद है उसी तरह
है वाद सुवह को जैसे संध्या की लाली।

लेकिन निराश मत हो ओ मेरे गीतकार
तू ने जो यज्ञ किया वह फल लायेगा ही,
तेरी प्रतिभा को ग्रहण लगे चाहे जितना
कल तेरा गीत विश्व सब दुहरायेगा ही।

यह द्वेष-दंभ, निंदा-नफ़रत से भरा शोर
कुंडली मार बैठे नागों की फूत्कार,
यह वंचक कौरव दल का कुत्सित चक्रव्यूह,
यह छल जयद्रथी, यह दुशासनी अहंकार।

कुछ नहीं, सिर्फ़ है नाटक लालच-लिप्सा का
जल्दी ही जिस पर परदा गिरने वाला है,
तू छेड़े जा अपना नवयुगवाला सितार
उत्सुक तेरे स्वर को हर एक शिवाला है।

है गीत सृष्टि का दर्पण, अर्पण आत्मा का
वह नहीं मरा है, नहीं कभी मर सकता है,
यह गद्य-बुद्धि का वैभव दुर्ग गढ़े कितने
बिन राग न कोई रीता घट भर सकता है।

हर श्वास एक बाँसुरी, देह हर वृन्दावन
हर प्राण कृष्ण, हर आयु एक ग्वालिनिया है,
पर जिसकी लय पर थिरक रही है हर मटकी
वह और न कुछ बस गीत बताती दुनिया है।

जो उफन रही है उधर चूमने गगन-भाल
वह लहर नहीं है, सिर्फ़ तान है सागर की,
बूँदों के घुँघरू बजा रही जो नृत्य-निरत
बदली न कहो स्वर-सरयू है गंगाधर की।

यह धड़कन धड़क रही है जो हर हृदय मध्य
वह किसी नृत्य की रुनझुन ही है, श्वास नहीं।
कृति में जो कृत, श्रुति में श्रुत, ऋतु में जो ऋत
वह नाद-ब्रह्म है, पतझर या मधुमास नहीं।

जो विहँस रहा उस ओर सरों में बन सरोज
मत कुसुम कहो, जल-कविता का है छन्द एक,
जो ठुमुक रही है पहन चाँदनी का दुकूल
समझो न निशा, है गगन-यमन कालाप एक।

पड़ते ही पहली बूँद, धरा की पाषाणी-
छाती जो फोड़ दहक उठता है अग्निकान्त,
वह अंकुर नहीं, शंख से श्रम के फूट पड़ा
है दीपक-राग अंगारा हो जैसे अशान्त।

सपनों का काज़ल आज नींद की शय्या पर
जब बेसुध सो जाता है श्यामा का सिंगार,
तब किरन-बाँसुरी छेड़ खोलती है जो दृग
रे! किसी भैरवी की ही तो वह है पुकार।

भू-नभ, जल-पावक-पवन, नखत रवि-शशि अमंद
हैं घूम रहे अहरह बँध जिस आकर्षण में
वह किसी अचीन्हे स्वर की सरगम ही तो है
जो गूँज रही अणु अणु में दुति ज्यों दर्पण में।

आरोह जन्म, अवरोह मरण, लयताल-सृष्टि
गुनगुन जोवन मूर्च्छना-मीड़-सुख-दुख विधान,
गीत ही आदि, गीत ही मध्य, गीत ही अन्त
बिन गीत विश्व है केवल मरघट के समान।

स्वरदूत! उठा इससे फिर अपनी अग्नि-बीन
मत सोच प्यार तुझ पर है किस पुरवाई का
तू गाता चल जैसे गाती है कोयलिया
जब रूप महकता है बौरी अमराई का।

गुनगुना जिस तरह गुनगुन करता है भौंरा
जब फूल मचलता है किरनों के चुम्बन को,
ऐसे पुकार जैसे पुकारता है पपिहा
जब मोर पिन्हाती है हरियाली सावन को।

वह तान उठा जैसे उठती है सुबह सुबह
रजनी की सेज छोड़ कर ऊषा की लाली,
वह छेड़ तार ज्यों नदी बजाती है सितार
जब लहर कूल को दे दे जाती है गाली।

जिस तरह किरन करती है कलियों का सिंगार
उस तरह गूँथ बिखरा अलकें मानवता की,
जिस तरह मिटा देती है संशय को श्रद्धा
उस तरह भेद यह फैली रात विषमता की।

प्यासी दुनिया है, सूने हैं पथ-गाँव-गली
तू बरस कि सबकी रीती गागर भर जाये,
बहुतों की मावस ने देखा है नहीं चाँद
तू बोल कि पूनम घर-घर दौड़ चली आये।

होकर बेघर जो बिखर रहे हैं इधर-उधर
वे सब स्वर तेरी ही माला के दाने हैं,
वे ध्वनियाँ जो सड़कों पर खड़ी लुट रही हैं
रे! और न कोई, तेरी ही सन्तानें है।

उठ! उनके बहके बहके पग को राह बता
खोये खोये विश्वासों को साहस-बल दे,
सोई सोई साँसों में जागृति के स्वर भर
रोई रोई आँखों को हँसता काजल दे।

तू गा हम सबके सारे सपने हैं तेरे
तू गा हम सबकी तुझ पर उम्र निछावर है,
तू गा हम सब तुझको अपना तप देते हैं
तू गा कि आ रहा फिर कलयुग में द्वापर है।"

पुर्तगाल के नाम

ढल गई रात, सितारों की लड़ी टूट गई,
बुझ गई काँपके बीमार दिये की बाती,
होने वाली है सुबह, एक किरन पूरब से,
बाल बिखराये पहाड़ों पै उतरती आती।

छमछमाती है महकते हुए बाग़ों में हवा,
गीत गाती है परिन्दों की चहक पेड़ों पर
कसमसाती है किनारे की बाँह में किश्ती
मुस्कराती है कलाई कुओं की मेड़ों पर।

आँख मलती हुई सड़कों के गरम अंचल में
शोरगुल दिन का खड़ा ले रहा है जमुहाई,
हाट-बाज़ारों, गली-कूचों, कुटी-महलों में
छेड़ती धूप है किरनों की मधुर शहनाई।

चमचमाते हैं लगी चूड़ियाँ हर देहरी पर,
गुनगुनाने हैं लगी डोर हर हिंडोले की,
सुगबुगाने है लगी आग हर अँगीठी में,
कुनमुनाने है लगी दौन हर खटोले की।

नीचे आ आ के धुआँ चिमनियों मकानों का
ऐसे लिपटा है धड़कते शहर के सीने से,
श्याम धन जैसे लिपट जाते हैं बरसात की रात
व्योम-मुँदरी में जड़े चाँद के नगीने से।

दूर चरती हुई गायों की घंटियों का स्वर
लौट जाता है यूँ आ आके चरागाहों में,
जैसे बेकार ग़रीबी के दिनों में कोई
नौकरी आके फिसल जाय उठी बाँहों में।

बोझ से काँपते रिक्शों के ऊँघते पहिये
दौड़ते जाते हैं रुक-रुकके सड़क पर ऐसे,
एक बेवा के सुलगते हुए आँसू असहाय
ख़ुद ही थम थम के बरस लेते हैं जग में, जैसे।

अपने ख़ूँख़्वार इरादों को कफ़न पहना दे
आग वरना यह तेरे घर में दहक जायेगी,
लेके अँगड़ाई जो उठ बैठे हिमालय में पहाड़
मैप पर भी न तेरी शक्ल नज़र आयेगी।

तेरी तोपों के दहाने की एशिया का लहू
बात की बात में हाथों से फाड़ सकता है,
और इस देश का यौवन यह तिरंगा झंडा
क्या है गोआ तेरे लिस्बन में गाड़ सकता है।

तूने सिन्दूर चुराया जो मेरी बहिनों का
मोल हम उसका अभी चलके चुका सकते हैं,
तेरी गर्दन जो गुनाहों से घमंडी है हुई
मोड़कर हम उसे क़दमों में झुका सकते हैं।

मेरी ज़रखेज़ ज़मीनों में छिपे हैं भूचाल,
मेरे खेतों में अँगारों की फसल हँसती है,
मेरे बाग़ों में महकती है अमन आज़ादी,
मेरी बस्ती हैं क्या—ज्वालामुखी की बस्ती है।

तूने बारिश जो निहत्थों पै की है गोली की
उसका उत्तर तो हमारे वतन के पास भी है,
तूने संगीन जो भोंकी है, तने सीनों में
उसका मरहम तो हमारी चुभन के पास भी है।

किन्तु प्यारी है हमें सबकी हँसी और खुशी
ख़ून की लाल नुमाइश से हमें नफ़रत है,
शान्ति के हम पुजारी, हमारे हाथों को,
विश्व नापाक बनाने की नहीं आदत है।

होश में आ वह ज़माना गया, मौसम वह फिरा
अब तो पूरब से ही पश्चिम को सबक़ लेना है,
खून का कर्ज़ जो यूरुप ने लिया था हमसे
सब वो लौटाके उसे एशिया को देना है।

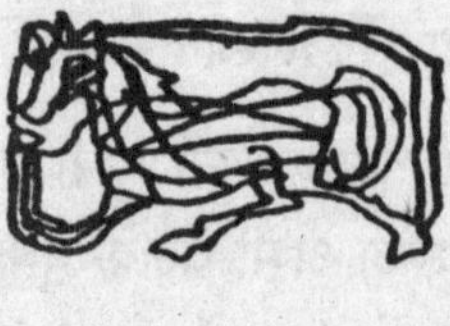

बुझते हुए दीपकों के नाम

निशि हटने दो, तम घटने दो, घर घर ज्योति बुलाने दो
नई किरन को, नई लगन को उठकर दिया जलाने दो।

धरा विकल है, गगन विकल है, व्याकुल हर चौपाल गली,
हवा न चलती, शाख़ न हिलती, खिलती कोई नहीं कली,
गुमसुम मधुवन, उन्मन गुंजन सावन की क्या बात कहें
नैना बादल, गीले आँचल, घायल रंगभरी कजली।
स्वप्न न टूटे, चाँद न रूठे, छूटे साथ न सूरज का
कर सोलह सिंगार, धरा को फिर दुलहन बन जाने दो
नई किरन को, नई लगन को उठकर दिया जलाने दो।

तुमने बाले दीप, दीप की ज्योति न पर आज़ाद हुई
उतना मिला प्रकाश न, जितनी बाती हर बरबाद हुई
धरती रोई, अम्बर रोया, रोये चाँद-सितारे भी
लुटी हुई फुलवारी अब तक किन्तु नहीं आबाद हुई
धुँधला जाये कहीं न युग की ज्योति बन्द कारा में ही
बन करके भारती उसे जनमन को गले लगाने दो,
नई किरन को, नई लगन को उठकर दिया जलाने दो।

परिवर्तन की माँग, पुरानी बुझे नई लौ मुस्काये,
ढले सितारे ढलें कि जिससे जग में नई सुबह आये,
सम्भव सह-अस्तित्व नहीं वृद्धापन औ' तरुणाई का
सूखे पत्ते झरें शीघ्र तब बगिया में मधुरितु आये।
जो खिल चुका झरेगा ही वह, उसके लिये शोक कैसा?
उगती हुई बहारों को मनमाने गीत सुनाने दो।
नई किरन को, नई लगन को उठकर दिया जलाने दो।

बुझते दीप नहीं देते हैं गौरव नई दिवाली को,
बासी फूल नहीं करते हैं तिलक नई उजियाली को,
नये कंठ से ही फूटा है राग सदैव नये युग का,
नये श्लोक ने ही है उत्तर दिया पुरानी गाली को;
यज्ञ न फिर से करे सुलगकर कोई बेबस चिनगारी,
महलों से बाहर जनता का सिंहासन ले आने दो।
नई किरन को नई लगन को उठकर दिया जलाने दो।

कालिदास के नाम
प्रयोगशील गोष्ठी का आमंत्रण

आदरणीय श्री कालिदास जी,
नमस्कार भी औ' प्रमाण भी।
जैसे मेहतर के आने की
ख़बर घरों को दे जाती है क्वाँरी बदबू,
वैसे ही हम भेज रहे हैं
यह महान सूचना आपको—
(कि) जम्बू-द्वीपे, गंगा तीरे,
एक नगर जो है विख्यात बड़ा ही जग में
वहाँ एक संस्था है—
'खोखल'
संस्थापक हैं जिसके ठिल्लू और 'निठल्लू'
बड़े प्रयोगशील कवि युग के,
और कर रही है जो हिन्दी भाषा
गत छः वर्षों से
बड़े-बड़े से काम कि जैसे—
छीना-झपटी, पाकिटमारी, केंच-कतरनी आदि

उसी संस्था के तत्त्वावधान में—
अगले माह यहाँ पर होगी एक विचार-गोष्ठी।
और विचार करेंगे हम यह
हिन्दी की कविता को कौन दिशा दी जाये।
(वैसे डिसकस अन्य प्रश्न भी होंगे उसमें)
क्योंकि आप ज़िन्दों-मुर्दों में
कवि हैं सबसे बड़े देश के
(गो इसमें विश्वास हमारा अधिक नहीं है)
इससे है अनुरोध हमारा
उद्घाटन आ आप करें इस युग-उत्सव का,
जैसे राज्यपाल मुंशी जी करते थे—
        उद्घाटन वन......का।
दूर-दूर के सभी प्रतिष्ठित कलाकार वे
जो लिखते हैं नहीं छन्द में,
लय का जिनको ज्ञान नहीं है,
मात्रा की पहचान नहीं है,
किन्तु पढ़े हैं जो अँग्रेज़ी
अँग्रेज़ी में भी 'एज़रा' 'इलियट' को केवल
भले न उनको समझे हों पर—
हिन्दी में उनकी उपमायें दे सकते हैं
नई इमेज़ें गढ़ सकते हैं,
लिखकर ख़ुद हो लेख-समीक्षायें—
अपनी कविता के ऊपर अपने मित्रों के बारे में
युग की धाँधलगर्दी में जो सबसे आगे जा सकते हैं
अमरीकी कवियों की उल्टी-सीधी नक़ल उड़ा सकते हैं,
ऐसे सभी सुलेखक आमन्त्रित हैं इस साहित्य-पर्व में।
आप न मानें बुरा हमारा ढंग यही है।

यह न करें यदि—
आप बताओ तो फिर कैसे
हम इस कविता का मूवमेंट चला सकते हैं?
बात दूसरी फिर यह भी है
गद्यकार तो थे हम लेकिन
एक हमारे गुरू हुए हैं
(धरती पर अज्ञेय ज्ञेय हैं मगर गगन में)
उनने जबरन माथ हमारे
लगा दिया लेबिल कविता का।
सिर्फ़ इसी आरोपित गौरव की
रक्षा-हित हम लिखते हैं,
छन्दों में लिख सकना बस की बात नहीं है
इसीलिये बेछन्द छन्द में हम बकते हैं।
और हमारी यही बकन अब सबके मुँह में बोल रही है
क्योंकि अनेकों विज्ञापन के तौर-तरीके हमें विदित हैं
द्वैमासिक, त्रैमासिक, अर्धवार्षिक, वार्षिक,
तरह तरह के पत्रों के हम सम्पादक हैं
और रेडियो-एकेडेमी—जो प्रचार के
सबसे बड़े आज साधन हैं
सब ही हैं सम्पत्ति हमारी
क्योंकि हमारे ही सब मित्र वहाँ
कम्पोसर—प्रोड्यूसर हैं।
और अगर जो सहमत हो न हमारे मत से
ऐसा कोई लेखक यदि ग़लती से वहाँ काम पा जाये
तो उसके ख़िलाफ़ हम कानाफूसी करके
उसे वहाँ से निष्कासन दिलवा देते हैं
यानो जड़ उखाड़ कर ही फिंकवा देते हैं

इसी तरह से बड़े-बड़े तमग़ो-ओहदे हमने पाये हैं
बुरा कहेंगे आप हमें पर—
इतना तो अहसान हमारा है ही इस भारती-भूमि पर
परम्परा का दुर्ग ढहाकर
छन्द-तुकों, गीतों-टेकों का गला दबाकर
सबको बिना कफ़न दफ़नाकर;
हमने सरल कर दिया है कविता करना इतना हिन्दी में
(क) रग्घू तेली जो कल तक बेचा करता था
प्याज़-पकौड़ी,
वह भी मुक्त छन्द में अब कविता करता है।
और घसेरू घीसू जिसकी घास न बिकती थी छदाम
वह भी अब खच्चरों-गधों पर क़लम चलाकर
'तप्तक', 'अप्तक' में प्रतिमास छपा करता है।
यह परिचय है सूक्ष्म हमारा
लेकिन है विश्वास
आप इतने को ही ज़्यादा समझेंगे
और हमें आकर ज़रूर ही दर्शन देंगे।
स्वागत के दिन अमुक अमुक
दिन हम आयेंगे स्टेशन पर
आप अवश्य पधारें निश्चित तिथि पर कवये।
बड़ी कृपा हो
एक इस तरह का वक्तव्य अगर लिख लावें
हो जाये जिससे कि समर्थन
कविता की इस नव धारा का
और अगर संग ले आये 'गोस्वामी' जी को
वे भी यदि दे दें आशीर्वचन दो हमको
तब तो धन्य धन्य हो जायेंगे हम सब ही।

लेकिन इतना नम्र निवेदन है प्रभु तुमसे
इस गोष्ठी की ख़बर न देना
उस फक्कड़ जुलहे कबीर को
उसकी बानी के प्रयोग का
उत्तर नानी भी हमारी दे पायेगी।
आ गया अगर तो—
सब गुड़-गोबर हो जायेगा
जनमत सब उसके सँग होगा,
पास हमारे केवल बिल्ला रह जायेगा।
इसीलिये प्रभु! इस आमन्त्रण को चुप रक्खें
और तार से सूचित करें कि
कब हम स्वागत करें आपका स्टेशन पर।
कृपया उत्तर शीघ्र हमें दें—

हम हैं सब आपके
चरण-सेवक-चिर-अनुचर—
कष्ट विमोचन,
दीरंघ लोचन
(और) मनमोहन

साँसों के मुसाफ़िरों के नाम

इसको भी अपनाता चल,
उसको भी अपनाता चल,

राही हैं सब एक डगर के, सब पर प्यार लुटाता चल।

बिना प्यार के चले न कोई आँधी हो या पानी हो,
नई उमर की चुनरी हो या कमरी फटी-पुरानी हो,
तपे प्रेम के लिए धरित्री, जले प्रेम के लिये दिया,
कौन हृदय है नहीं प्यार की जिसने पढ़ी कहानी हो।

तट-तट रास रचाता चल,
पनघट-पनघट गाता चल,

प्यासी है हर गागर दृग का गंगाजल छलकाता चल।
राही हैं सब एक डगर के सब पर प्यार तुटाता चल॥

कोई नहीं पराया, सारी धरती एक बसेरा है
इसका ख़ेमा पश्चिम में तो उसका पूरब डेरा है,
श्वेत बरन या श्याम बरन हो, सुन्दर या कि असुन्दर हो
सभी मछरियाँ एक ताल की क्या मेरा क्या तेरा है?

गलियाँ-गाँव गुँजाता चल,
पथ-पथ फूल बिछाता चल,

हर दरवाज़ा राम-दुआरा सबको शीश झुकाता चला
राही हैं सब एक डगर के, सब पर प्यार लुटाता चल॥

हृदय हृदय के बीच खाइयाँ, लहू बिछा मैदानों में
घूम रहे हैं युद्ध सड़क पर, शान्ति छिपी शमशानों में,
ज़ंजीरें कट गईं, मगर आज़ाद नहीं इन्सान अभी
दुनिया भर की ख़ुशी क़ैद है चाँदी जड़े मकानों में,

सोई किरन जगाता चल,
रूठी सुबह मनाता चल,

प्यार नकाबों में न बन्द हो हर घूँघट खिसकाता चल।
राही हैं सब एक डगर के, सब पर प्यार लुटाता चल॥

नयन-नयन तरसें सपनों को, आँचल तरसें फूलों को,
आँगन तरसें त्यौहारों को, गलियाँ तरसें झूलों को,
किसी होंठ पर बजे न वंशी, किसी हाथ में बीन नहीं,
उम्र समुन्दर की दे डाली किसने चन्द बबूलों को?
बिखरे तार मिलाता चल,
समतल धरा बनाता चल,
इकरंग बने दुरंगी दुनिया ऐसा रंग उड़ाता चल।
राही हैं सब एक डगर के, सब पर प्यार लुटाता चल॥

बिका-बिकी सब ओर मची है आने औ' दो आनों पर
अस्मत बिके दुराहों पर तो प्यार बिके दूकानों पर,
डगर-डगर पर मंदिर-मस्जिद, क़दम-क़दम पर गुरुद्वारे,
भगवानों की बस्ती में है जुल्म बहुत इन्सानों पर,

खिड़की हर खुलवाता चल,
साँकल हर कटवाता चल,

इस पर भी रोशनी न हो तो दिल का दिया जलाता चल।
राही हैं सब एक डगर के, सब पर प्यार लुटाता चल॥

इधर कफ़न तक नहीं लाश पर, उधर नुमायश रेशम की,
यहाँ स्वयंवर करे चाँदनी, वहाँ न रात कटे ग़म की,
धरती कंकड़ पत्थरं मारे, अम्बर उगले अँगारे,
कोई पूछे बात न इख बगिया में दुखिया शबनम की,

सुख को उमर बढ़ाता चल,
दुख को कफ़न उढ़ाता चल,

मिले जहाँ भी महल उसे कुटियों के पास बुलाता चल।
राही हैं सब एक डगर के, सब पर प्यार लुटाता चल॥

रंग-बिरंगी दुनिया तो यह रेशम वाली साड़ी है,
जनम कि जिसका पल्ल-गोटा, मरण कि छोर-किनारी है,
कोई पहने इसे प्यार से, कोई ओढ़े पछताकर,
चमक न इसकी घटी गई गो लाखों बार उतारी हैं,

और इसे चमकाता चल,
पल-पल नई बनातां चल,

फिर भी रंग इस पर न चढ़े तो अपना रक्त चढ़ाता चल,
राही हैं सब एक डगर के, सब पर प्यार लुटाता चल॥

फ़िरक़ापरस्तों के नाम

जाति-पाँति से बड़ा धर्म है,
धर्म-ध्यान से बड़ा कर्म है,
कर्म-काण्ड से बड़ा मर्म है,
मगर सभी से बड़ा यहाँ यह छोटा सा इन्सान है,
और अगर वह प्यार करे तो धरती स्वर्ग समान है।

जितनी देखी दुनिया सबकी देखी दुलहन ताले में
कोई क़ैद पड़ा मस्जिद में, कोई बन्द शिवाले में,
किसको अपना हाथ थमा दूँ, किसको अपना मन दे दूँ?
कोई लूटे अँधियारे में, कोई ठगे उजाले में,
सबका अलग-अलग ठनगन है,
सबका अलग-अलग वन्दन है,
सबका अलग-अलग चन्दन है,
लेकिन सबके शिर के ऊपर नीला एक बितान है,
फिर भी जाने क्यों यह सारी धरती लहूलुहान है?

हर बगिया हर तार कटीले, हर घर घिरा किवाड़ों से,
हर खिड़की पर परदे, घायल आँगन हर दीवारों से,
किस दरवाज़े करूँ वन्दना, किस देहरी मत्था टेकूँ,
काशी में अँधियारा सोया मथुरा पटी बजारों से,
हर घुमाव पर छीन-झपट है,
इधर प्रेम तो उधर कपट है,
झूठ किये सच का घूँघट है,
फिर भी मनुज-अश्रु की गंगा अब तक पावन-प्राण
है, और नहा ले उसमें तो फिर मानव ही भगवान है।

धरम-द्वार पर बाम्हन बैठा, बनिये की बाँदी मण्डी,
डण्डी मारे एक, भुनाये दूजा क़िस्मत की हुण्डी,
हरिजन की बखरी पर पहरा ठाकुर का चौपालों पर
गली-गली आबाद, सिर्फ़ वीरान पिया की पगडण्डी
बँटी हुई है दुनिया सारी,
बँटी हुई है सेज-अटारी,
बँटी हुई है म्यान-कटारी,
मगर अभी तक बँटी न दिल में धड़कन की जो तान है
उस पर वजे सितार अगर तो हर कोलाहल गान है।

यह तो कजराई का आशिक़, उसको गरब गुराई पर,
यह भोहा मदमैलेपन पर, वह रीझा चटकाई पर,
उतने रंग कि चश्मे जितने, जितने दृग उतने शीशे,
दुनिया की तस्वीर टँगी है सुरमा और सलाई पर।
इधर अँधेरी उधर अँधेरी,
आँख आँख मोतिया गुहेरी,
कुयला भई रतन की ढेरी,

फिर भी रंगों के मेले में खोया सकल जहान है,
दिन-दिन जब कुछ और बड़ा हो जाता हर शमशान है।
बंगाली को बँगला प्यारी, तामिल चाहे मदरासी,
पंजाबी गुरुमुखी उचारे, हिन्दी दिल्ली की दासी,
इसकी शहज़ादी अँग्रेज़ी, उसकी पटरानी संस्कृत,
मगर प्रेम की भाषा अब तक हाय बनी है बनवासी,
जितने मुँह उतने अक्षर हैं,
जितने घर उतने बिस्तर हैं,
कुछ भीतर हैं कुछ बाहर हैं,
सोई पर हर साँस जहाँ वह बिस्तर अभी अजान है,
उसका तकिया बने शब्द तो हर भाषा धनवान है।

पूरब जाये पुरी और पश्चिम दौड़े वृन्दावन को,
उत्तर बद्रीनाथ चले, रामेश्वर भाये दक्खिन को,
इसको प्यारी लगें अज़ानें, उसकी कीर्तन पर श्रद्धा,
पर न यहाँ कोई जो पूजे मानव औ' मानवपन को,
एक पेड़ पक्षी हज़ार हैं,
एक चाक लाखों कुम्हार हैं,
एक अश्व पर सौ सवार हैं,
पर न किसी को ज्ञात कि सबके ही पीछे तूफान है,
ढीली हुई रक़ाब ख़त्म तो फिर सब खींचातान है।

चारों ओर लगा है मेला, चल-चलाव है हर पथ पर,
इसके हाथ बँधे कंगन में, उसकी लाज झुकी नथ पर,
पनघट इधर बुलाता है, तो मरघट उधर पुकार रहा,
बड़ी आदमी की मुश्किल है इस अनजाने तीरथ पर,

दिशि-दिशि है काँटों का घेरा,
उस पर यह आँधी का फेरा,
उस पर जर्जर तम्बू-डेरा,
फिर भी मुझको प्रिय जग का हर उदय और अवसान है,
क्योंकि सभी स्वर्गों से सुन्दर यह कागज़ी मकान है।

गीतकार का जन्म
(दिनकर जी को साभार समर्पित)

जब गीतकार जन्मा, धरती बन गई गोद,
हो उठा पवन चंचल झूलना झुलाने को
भौंरों ने दिशि दिशि गूँज बजाई शहनाई
आई सुहागिनी कोयल सोहर गाते को।

शबनम ने स्नान कराया मोती के जल से
पहनाये आकर वस्त्र बसन्त-वहारों ने,
निशि ने आँजा काजल, ऊषा ने रचे होठ,
पठवाये खोल-खिलौने चाँद सितारों ने।

करुणा ने चूमा भाल, दिया आशीर्वाद,
पीड़ा ने शोधी राशि, प्रेम ने धरा नाम,
जय हो वाणी के पुत्र—घोष कर उठी बीन,
अम्बर उतरा आँगन में करने को प्रणाम।

दर्शन ने भेंटी दृष्टि, भावना ने भाषा,
सूरज ने आभा-ओज, नदी ने गति-प्रवाह,
सुन्दरता ने दर्पण, पूजाओं ने अर्चन,
बन गया हृदय आकर ख़ुद ही सागर अथाह।

कल्पना पकड़ कर साथ खेलने लगी,
होने उन्मुक्त लगे रहस्य के दृढ़ कपाट,
काँपने लगा अपवर्ग, सिहरने लगा स्वर्ग,
न्यौछावर हो हो गई मनुज-संस्कृति विराट।

मिल गई राग को देह, आँसुओं को वाणी,
पा गया सत्य आकार, हो गया असत् क्षीण,
निर्गुण बन गया सगुण, स्वरवती हुई वसुधा,
हँस उठी प्रकृति ज्यों दीपक में बाती नवीन।

फिर एक दिवस सोलह रत्नों का हार पहन,
बाँसुरी बजाता निकला जब वह गीतकार,
तरुणियाँ ठगी रह गईं, गगरियाँ छलक पड़ीं,
ज्यों बूँद बहक जाये छू पुरबाई बयार।

बदली लट गूँथ न सकी देख श्यामल कुन्तल,
मुस्कान निरख बिजलियाँ कौंधनः गईं भूल,
बिछ गई चरण पर आकर धूप रजतवर्णी,
जब खिसक देह से गया तनिक रेशम दुकूल।

माताओं का उर उमड़ पड़ा मानो उनके-
अन्तर का ही सारा ममत्व हो धरे देह,
युवकों को लगा कि जैसे धरती का यौवन,
बाँटता फिर रहा हो घर घर सौजन्य-स्नेह।

बालक दौड़ने लगे पीछे होकर विमुग्ध
रवि का अनुमान जिस तरह करता है प्रकाश,
वृद्धों ने उठ उठकर शिर मंगल तिलक दिया
सावन का वन्दन करता है ज्यों सेठ मास।

सन्तों ने गीत सुना मन में सोचने लगे
यह गीत कि या कोई नवयुग की गीता है
है शब्द शब्द उपनिषद और श्रुति तान तान
दर्शन तो जैसे उज्ज्वल गंग पुनीता है।

पपिहे को डाह हुई बोला सारा जीवन—
कट गया पिया की ही मीठी मनुहारों में,
पर जितना दर्द भरा स्वर है इस गायक का
ऐसा तो दर्द न देखा कभी पुकारों में।

गुनगुना उठी उपवन की डाली बुलबुल—
'उफ़! कैसा सम्मोहन है इसके गाने में,
जी करता है दे डालूँ उम्र इसे अपनी
ऐसा गुलाब तो देखा नहीं ज़माने में।'

शरमाकर कहने लगा चाँद पूनम वाला
कितनी प्यारी इसकी सप्रीली चितवन है,
होते ही आँखें चार उठाते ही पलकें
बेमोल सदा को बिक बिक जाता तन मन है।

राधा सी जग की गली गली झूमने लगी,
तन्मय हो गया विश्व सारा ज्यों वृन्दावन,
तट-पनघट सब बन गये एक नव बंसीवट,
खिल उठे गीत स्वर-छन्द कुसुम उपवन उपवन।

सब ओर हर्ष ही हर्ष, विमर्श न रहा शेष
हो गए अस्त दुख-दैन्य-दाह-तन-रोग-शोक,
पर देख धरा का यह उत्कर्ष-कीर्ति-वैभव
जल उठा ईर्ष्या से सबका सब देवलोक।

सोचने लगे कोई उपाय ऐसा जिससे
पा सके न संस्कृति कभी कला का अमृत-दान,
जब कोई युक्ति न दिखी स्वयं तब ब्रह्मा ने
कर दिया एक दिन भू पर अणुयुग का विधान।

जो लौह-पुरुष है खड़ा हाथ में लिए वज्र
वह और नहीं कोई, विनाश का सहचर है,
होने वाली है सफल स्वर्ग की कूटनीति
विज्ञान कला से यदि न डालता भाँवर है।

यदि वाणी भी मिल जाए दर्पण को

सुन्दरता ख़ुद से ही शरमा जाये
यदि वाणी भी मिल जाये दर्पण को!

खूबसूरत है हर फूल मगर उसका
कब मोल चुका पाया है सब मधुबन?
जब प्रेम समर्पण देता है अपना
सौन्दर्य तभी करता है निज दर्शन।

अर्पण है सृजन और रूपान्तर भी,
पर अन्तर-योग बिना है नश्वर भी,
सच कहता हूं हर मूरत बोल उठे
दो अश्रु हृदय दे दे यदि पाहन को!

सुन्दरता ख़ुद से ही शरमा जाये
यदि वाणी भी मिल जाये दर्पण को!

सौ बार भरी गगरी आ बादल ने
प्यासी पुतली यह किन्तु रही प्यासी,

साँसों ने जाने कैसा शाप दिया
बन गई देह हर मरघट की दासी,

दुख ही सुख है जग में सब ओर कहीं,
लेकिन सुख का यह कहना झूठ नहीं,
'सब की सब सृष्टि खिलौना बन जाये
यदि नज़र अमर की लगे बचपन को!'

सुन्दरता ख़ुद से ही शरमा जाये
यदि वाणी भी मिल जाये दर्पण को!

रुक पाई अपनी हँसी न कलियों से
दुनिया ने लूट इसी से ली बगिया,
इस कारण कालिख मुख पर मली गई
बदशक्ल रात पर मरने लगा दिया।

तुम उसे गालियाँ दो, कुछ बात नहीं
लेकिन शायद तुमको यह ज्ञात नहीं,
आदमी देवता ही होता जग में
भावुकता अगर न मिलती यौवन को!

सुन्दरता ख़ुद से ही शरमा जाये यदि
वाणी भी मिल जाये दर्पण को!

है धूल बहुत नाचीज़ मगर मिटकर
दे गई रूप अनगिन प्रतिमाओं को,
पहरेदारी में किसी घोंसले की
तिनके ने रक्खा क़ैद हवाओं को,

निर्धन दुर्बल है, सबका नौकर है
औ' धन हर मठ-मंदिर का ईश्वर है,
लेकिन मुश्किलें बहुत कम हो जायें
यदि कंचन कहे ग़रीब न रजगण को!

सुन्दरता ख़ुद से ही शरमा जाये
यदि वाणी भी मिल जाये दर्पण को!

चन्दन की छाँव रहे विषधर लेकिन
मर पाया ज़हर न उनके बोलों का,
पर पिया पिया का राग पपीहे को
आ सिखला गया वियोग बादलों का,

चाहे सागर को कंगन पहनाओ
उतरेगा नदियों की चूनर सिलवाओ,
उतरेगा स्वर्ग तभी इस धरती पर
जब प्रेम लिखेगा ख़त परिवर्तन को!

सुन्दरता ख़ुद से ही शरमा जाये
यदि वाणी भी मिल जाये दर्पण को!

विदा-क्षण आ पहुँचा

जब तक कुछ अपनी कहूँ, सुनूँ जग के मन की
तब तक ले डोली द्वार विदा-क्षण आ पहुँचा!

फूटे भी तो थे बोल न श्वास कुमारी के
गीतोंवाला इकतारा गिरकर टूट गया,
हो भी न सका था परिचय दृग का दर्पन से
काजल आँसू बनकर छलका औ' छूट गया,

तनभीगा, मनभीगा, कण-कण, तृण-तृणभीगा,
देहरी-द्वारा, आँगन-उपवन त्रिभुवन भीगा,
जब तक मैं दीप जलाऊँ कुटिया के द्वारे
तब तक बरसात मचाता सावन आ पहुँचा!

जब तक कुछ अपनी कहूँ, सुनूँ जग के मन की
तब तक ले डोली द्वार विदा-क्षण आ पहुँचा!

रह गये धरे के धरे ताख़ में ज्ञान-ग्रन्थ,
छुट गई बँधी को बँधी रतनवाली गठरी,

लुट गई सजी की सजी रूप की हाट और
देखती खड़ी की खड़ी रह गई सिगरी नगरी,

कुछ ऐसी लूट मची जीवन चौराहे पर,
ख़ुद को ही ख़ुद लूटने लगा हर सौदागर,
औ' जब तक कोई आये हमको समझाये
तब तक भुगताने ब्याज महाजन आ पहुँचा!

जब तक कुछ अपनी कहूँ, सुनूँ जग के मन की,
तब तक ले डोली द्वार विदा-क्षण आ पहुँचा!

आँसू ने दी आवाज़ तनिक रुक निर्मोही,
सिन्दूर तड़प बोला अब कहाँ मिलन होगा,
अलकों ने कहा ज़रा यह लट तो सहला जा
क्या ठीक कि सपनों का गौना किस दिन होगा!

सिंगार सिसकता रहा, बिलखता रहा हिया,
दुहराता रहा गगन से चातक 'पिया पिया',
पर जब तक कोई टेर कहीं पहुँचे तब तक
हर कोलाहल का सूनापन आ पहुँचा!

जब तक कुछ अपनी कहूँ, सुनूँ जग के मन की
तब तक ले डोली द्वार विदा-क्षण आ पहुँचा!

बाँहों ने बाँहों को बढ़कर छूना चाहा,
अधरों ने अधरों से मिलने को शोर किया,
आँखें आँखों में खो जाने को मचल पड़ीं
प्राणों ने प्राणों के हित तन झकझोर दिया,

सबने खींचातानी की, आनाकानी की,
अपनी-अपनी कमज़ोरी की अगवानी की,
पर जब तक पहुँचे प्यास तृप्ति के दरवाज़े
तब तक प्याले का अमृत गरल बन आ पहुँचा!

जब तक कुछ अपनी कहूँ, सुनूँ जग के मन की,
तब तक ले डोली द्वार विदा-क्षण आ पहुँचा!

कल सुबह एक मनिहारिन मेले में बैठी
थी बेच रही चूड़ियाँ हज़ारों चालों की,
इकरंगी-दोरंगी, भाँवर की, गौने की
ब्याही अनब्याही सभी कलाईवालों की,

कौतूहलवश मैंने भी चाहा, मैं अपनी
घरनी के लिये ले चलूँ चूड़ी सितवर्णी,
पर जब तक मैं कुछ मोल करूँ उससे तब तक
ख़ुद मुझे खोजता कोई कंगन आ पहुँचा!

जब तक कुछ अपनी कहूँ, सुनूँ जग के मन की
तब तक ले डोली द्वार विदा-क्षण आ पहुँचा!

धनियों के तो धन हैं लाखों

धनियों के तो धन हैं लाखों
मुझ निर्धन के धन बस तुम हो!

कोई पहने माणिक-माल,
कोई लाल जड़ावे,
कोई रचे महावर मेहँदी
मुतियन माँग भरावे,

सोने वाले, चाँदी वाले
पानी वाले, पत्थर वाले,
तन के तो लाखों सिंगार हैं
मन के आभूषण बस तुम हो!
धनियों...!

कोई जावे पुरी द्वारिका,
कोई ध्यावे काशी,
कोई तपे त्रिवेणी - संगम
कोई मथुरा - वासी,

उत्तर दक्खिन, पूरब पच्छिम,
भीतर-बाहर, सब जग-जाहर
सन्तों के सौ-सौ तीरथ हैं
मेरे वृन्दावन बस तुम हो!
धनियों...!

कोई करे गुमान रूप पर
कोई बल पर झूमे,
कोई मारे डींग ज्ञान की,
कोई धन पर घूमे,

काया - माया, जोरू - जाता,
जस-अपजस, सुख-दुख त्रिय तापा
जीता-मरता जग सौ विधि से
मेरे जन्म-मरण बस तुम हो!
धनियों...!

ओ प्यासे!

हर घट से अपनी प्यास बुझा मत ओ प्यासे!
प्याला बदले तो मधु ही विष बन जाता है!

हैं तरह-तरह के फूल धूल की बगिया में
लेकिन सब ही आते पूजा के काम नहीं,
कुछ में शोख़ी है, कुछ में केवल रूप-रंग,
कुछ हँसते सुबह मगर मुस्काते शाम नहीं,

दुनिया है एक नुमायश सीरत - सूरत की,
होती है क़ीमत मगर नहीं हर मूरत की,
हर सुन्दर शीशे को मत अश्रु दिखा अपने
सौन्दर्य न अपनाता, केवल शरमाता है।

हर घट से अपनी प्यास बुझा मत ओ प्यासे!
प्याला बदले तो मधु ही विष बन जाता है!

पपिहे पर वज्र गिरे, फिर भी उसने अपनी
पीड़ा को किसी दूसरे जल से नहीं कहा,

लग गया चाँद को दाग़, मगर अब तक निशि का
आँगन तज कर वह और न जाकर कहीं रहा,

हर एक यहाँ है अडिग-अचल अपने प्रण पर
फिर तू ही क्यों भटका फिरता है इधर-उधर,
मत बदल-बदल कर राह सफ़र तय कर अपना
हर पथ मंज़िल की दूरी नहीं घटाता है।

हर घट से अपनी प्यास बुझा मत ओ प्यासे!
प्याला बदले तो मधु ही विष बन जाता है!

दीपक ने जलन दिखा डाली सबको अपनी
इस कारण अब तक उसका जलना बन्द नहीं,
है भटक रहा भँवरा बन-बन बस इसीलिए
है एक फूल का चुम्बन उसे पसन्द नहीं,

है प्यार स्वतन्त्र, मगर है कहीं नियन्त्रण भी
ज्यों छन्द कहीं है मुक्ति, कहीं है बन्धन भी,
हर देहरी पर मत अपनी भक्ति चढ़ा पागल!
हर मन्दिर का भगवान न पूजा जाता है!

हर घट से अपनी प्यास बुझा मत ओ प्यासे!
प्याला बदले तो मधु ही विष बन जाता है!

जलते-जलते फट गया हिया धरती का पर
सावन जब आया अपनी मर्ज़ी से आया,
बादल जब बरसा अपनी मर्ज़ी से बरसा,
नभ ने जब गाया अपनी मर्ज़ी से गाया,

इच्छा का ही चल रहा रहँट हर पनघट पर,
पर सबकी प्यास नहीं बुझती है इस तट पर,
तू क्यों आवाज़ लगाता है हर गगरी को?
आनेवाला तो बिना बुलाये आता है।

हर घट से अपनी प्यास बुझा मत ओ प्यासे!
प्याला बदले तो मधु ही विष बन जाता है!

मैं आज सुबह बाज़ार गया तो बीच सड़क
कुछ कपड़े बेच रहा था कोई सौदागर,
मनमोहक बरन-बरन का जिनका सूत देख,
मेरा भी रीझ गया मन एक दुलाई पर,

ओढ़ा पर उसको तो सब करने लगे व्यंग,
पर गाहक एक तभी बोला यह देख ढंग—
मन भले विवाह करे हर एक वस्त्र से पर
हर वस्त्र नहीं हर तन हर शोभा पाता है।

हर घट से अपनी प्यास बुझा मत ओ प्यासे!
प्याला बदले तो मधु ही विष बन जाता है!

मिल गया जनम...

मिल गया जनम का तो उपहार मरण से भी
पर तेरे घर मेरी सुनवाई हुई नहीं!

उस दिन मेले में ढीठ उमर की गुड़िया यह
जाने तुझमें क्या बात देखकर मचल गई,
है खड़ी हुई तब से अब तक यह उसी जगह
जब बस्ती की बस्ती गठरी ले निकल गई,

बदला जग, बदला जीवन, बदले सिंहासन,
बदले आकाश-धरा, बदले फागुन-सावन
पर जाने तू किस कंगन में कस गया मुझे
अब तक मेरी आज़ाद कलाई हुई नहीं।

मिल गया जनम का तो उपहार मरण से भी
पर तेरे घर मेरी सुनवाई हुई नहीं!!

धरती तो थी जड़ धूल मगर उसके दुख से
ऐसा रोया आकाश कि दुनिया नहा गई,

अपने दुश्मन पतझर के ग़म से घायल हो
बिखरा बसन्त यूँ दिशा महमहा गई,

जीवन है महाकाव्य : दुख जिसका आमुख है,
फिर भी हर दुख का मीत यहाँ कोई सुख है,
बस में ही एक कि जिसके जलते आँगन की
हमदर्द यहाँ कोई पुरवाई हुई नहीं।

मिल गया जनम का तो उपहार मरण से भी
पर तेरे घर मेरी सुनवाई नहीं हुई!!

दुहराया तेरा नाम कभी सागर तीरे
बादल बन कभी पुकारा रेगिस्तानों में,
बन खेल-खिलौना खोजा भीड़-तमाशे में
आवाज़ लगाई पहन कफ़न शमशानों में,

खो गया मुसाफ़िर स्वयं नापते हुए डगर,
थक गए साँस के पाँव, ख़त्म हो गया सफ़र
लेकिन अब तक इस पीड़ा के कारागृह से
मेरे तन-मन की तनिक रिहाई हुई नहीं।

मिल गया जनम का तो उपहार मरण से भी
पर तेरे घर मेरी सुनवाई हुई नहीं!!

जाने तू किस खिड़की से खड़ा झाँकता हो
यह सोच झुकाया शिर हर मन्दिर के द्वारे,
जाने तू कब आकर घर साँकल खटकाये
जीवन भर सोया नहीं इसी ग़म के मारे,

हर दम ही आँखें रहीं भरीं उपरी-उघरी
तिल-तिल घुल छीजी देह, हुई रीती गगरी
लेकिन ओ मेरे चाँद! बिना तेरे जग में
मेरे जीवन की रात जुन्हाई हुई नहीं।

मिल गया जनम का तो उपहार मरण से भी
पर तेरे घर प्रेरी सुनवाई हुई नहीं!!

कल री-रो एक दिया कहता था संध्या से
'सारा जीवन तो बीत गया जलते-जलते
पर कोई नहीं मिला जिसके स्नेहांचल में
कुछ जलन मिटा लेता अपनी चलते-चलते'।

संध्या तो कुछ कह सकी न बस रह गई खड़ी
यह कहकर पर चमकी तारों की एक लड़ी—
'रोता है क्यों रे! धनियों की एक बस्ती में
निर्धन आँसू की कभी सगाई हुई नहीं'।

मिल गया जनम का उपहार मरण से भी
पर तेरे घर मेरी सुनवाई हुई नहीं!!

तुमको तो मेरी याद न आएगी

तुमको तो मेरी याद न आयेगी,
आयेगी भी तो नहीं रुलायेगी,
पर कभी रुला ही दे तो यह करना—
सामने किसी दर्पन के बैठ ज़रा—

पहले मुस्काना फिर शरमा जाना।

वैसे तो प्रिय! तुम इतनी सुन्दर हो
रोओगी भी तू फूल खिलाओगी,
बादल को अलकों में भरमाओगी,
सावन को पलकों में तरसाओगी,

तरसाना भरमाना पर ठीक नहीं,
बिजलियाँ कौंध उठती हैं कभी कहीं,
माने ही किन्तु न मन तो यह करना—
उगते चन्दा से आँखें उलझाकर—

आँचल खिसकाना, फिर अलसा जाना।

चन्दा से आँख मिलाना बुरा नहीं
हर तारे से प्यार न अच्छा है,
जूड़े की शोभा एक फूल से है,
उपवन भर से अभिसार न अच्छा है,

इसलिए कि जो सबसे टकराता है,
वह नहीं किसी का भी हो पाता है,
पर फिर भी बस न चले तो यह करना—
जा किसी दुखी पतझर के दरवाज़े—

कुछ आँसू ले आना, कुछ दे आना।

सुन्दरी! रूप चाहे जिसका भी हो
यौवन के घर पर एक भिखारी है,
तुम चाहे जितना गर्व करो उस पर
रुकने वाली उसकी न सवारी है,

जो अपना नहीं गरब उस पर कैसा?
जीवन तो है कागज़ के घर जैसा फिर
भी यदि मान करोतो यह करना—
कोई मुरझाया फूल मसल करके—

पहले कुछ सुख पाना, फिर पछताना।

तुम चहल-पहल ब्याहुली अटारी की,
मैं सूनापन विधवा के आँगन का,
है प्यार मिला तुमको मधुमासों का,
मुझ पर साया है रोते सावन का

मिलना तो अब अपना नामुमकिन है
कारण—ढलने को जीवन का दिन है,
पर फिर भी मिल जाएँ तो यह करना—
अपने सपनों के मरघट में बैठा—

मैं सिसकूँ तो तुम कफ़न उढ़ा जाना।

हँसकर दिन काटे सुख के

हँसकर दिन काटे सुख के,
हंस खेल काट फिर दुख के दिन भी।

मधु का स्वाद लिया है तो
विष का भी स्वाद बताना होगा,
खेला है फूलों से तो
शूलों को भी अपनाना होगा,
कलियों के रेशमी कपोलों को
तूने चूमा है तो फिर
अंगारों को भी अधरों पर
धर कर रे! मुस्काना होगा,
जीवन का पथ ही कुछ ऐसा
जिस पर धूप छाँह संग रहतीं
सुख के मधुर क्षणों के संग ही
बढ़ता है चिर दुख का क्षण भी।
हँसकर दिन काटे सुख के,
हँस खेल काट फिर दुख के दिन भी।

(2)

गहर कुहू की अँधियारी में
कब तारों की छवि मुरझाई?
काँटों के कटु अंचल में
कब कलि की सुन्दरता अकुलाई?
बन्द हुई कब पपीहे की 'पी'
वज्र बिजलियों के पतझड़ में,
सरिता की चल चंचलता कब
सागर के सम्मुख शरमाई?
तू फिर क्यों खो बैठा साहस
देख घिरा सिर पर दुख-बादल
और भुला बैठा क्यों तुझमें
शेष अभी जीवन, यौवन भी।
हँसकर दिन काटे सुख के,
हँस खेल काट फिर दुख के दिन भी।

(3)

शूलों का अस्तित्व जहाँ है
फूल वहीं तो मुस्काता है,
जहाँ अँधेरे की सत्ता है
जीवन पूर्ण नहीं है पाकर
केवल कुछ सुख के ही मृदु क्षण,
सुख भी तो सुख कहलाता तब
जीवन में जब दुख आता है,
इससे जो कुछ है सम्मुख
वरदान समझ उसको मेरे मन!
और देख फिर खोजेगा सुख

तेरे दुख की छाँह-शरण ही,
सुख के दिन सपने थे केवल
सत्य मनुज ये दुख के दिन ही।

(4)

सुख के दिवस दिए थे जिसने
देन उसी की ये दुख के दिन,
जिस घट से छलकी थी मदिरा
शेष उसी घट के ये विषकण,
यह अचरज की बात न कोई
सीधा सादा खेल प्रकृति का,
मधु ऋतु से विक्रय पतझर का
सदा किया करता है मधुवन,
यह क्रम निश्चित इसे न कोई
बदल सका है, बदल सकेगा,
इससे ही तो कहता हूँ हैं व्यर्थ
अश्रु औ' व्यर्थ रुदन भी।
हँसकर दिन काटे सुख के,
हँस खेल काट फिर दुख के दिन भी।

(5)

मुस्काता ही रहा सदा तो
मुश्किल भी हल हो जाएगी,
रुके अश्रु सी थकी ज़िन्दगी
तूफ़ानों की गति पाएगी,
पथ की ऊँचाई, नीचाई
क्षण भर में तेरे पग से
रुँद रुँद कर समतल हो जाएगी,

दुख के सम्मुख मुस्काने से
दुख ही सुख लगने लगता है,
बन जाता विश्वास विजय का
थका पड़ा मुरदा सा मन भी।
हँसकर दिन काटे सुख के,
हँस खेल काट फिर दुख के दिन भी।

(6)

हँसकर या रोकर तय कर
तय करना है तुझको ही यह मग,
तुझ पर हँसने का अवसर वह
ताक रहा है छिप छिप कर जग,
लक्ष्य-प्राप्ति से पूर्व कहीं जो
रुका याद रख, जग के संग-संग,
तुझ पर खूब हँसेंगे तुझको,
प्यार सदा करने वाले दृग,
और पंथ पर चलते चलते ही
यदि पथ को धूल बना तो,
तेरी ख़ाक देख शरमाएगा
युग-मस्तक का चन्दन भी,
हँसकर दिन काटे सुख के,
हँस खेल काट फिर दुख के दिन भी।

(7)

साँझ सूर्य की सांध्य-किरन
जो तम की चादर में खो जाती,
वही प्रात ऊषा बनकर
फिर तम के घूँघट से मुस्काती,

तम से दूर ज्योति जीवन की
ज्योतिहीन है, तम सी ही है,
क्योंकि बुझी सी ही जलती है
दिन में दीपक की मृदु बाती,
माना यह प्रकाश जीवन में
भरता है युग-दिन की हलचल,
किन्तु थके मन को देता विश्राम
निशा का सूनापन ही।
सुख के दिन सपने थे केवल
सुख के दिन सपने थे केवल
सत्य मनुज ये दुख के दिन ही।

(8)

सुख में थी आसान ज़िन्दगी
इस से उसकी याद सताती,
दुख में कठिन बना है जीवन
इसीलिए पीड़ा अकुलाती
किन्तु याद रख, एक समय है
जब अभाव खलता है दुख का,
और खोजने पर भी पीड़ा
छाँह न तब दुख की छू पाती,
जीवन का वह निर्मम क्षण यदि
आज नहीं तो कल आएगा,
सँभल मनुज ओ! तुझे छल रहा
प्रति पल तेरा मन दुश्मन ही।
सुख के दिन सपने थे केवल
सत्य मनुज ये दुख के दिन ही।

(9)

सुख का ऋण तो चुका दिया है
तूने लेकर ये दुख के क्षण,
किन्तु शेष है अभी चुकाना
सबसे अधिक कठिन दुख का ऋण,
कुछ ले देकर नहीं, किन्तु यह दुख
का ऋण चुकता है ऐसे—
अधरों पर मुस्कान सजी हो
नयनों से झरते हों जल-कण,
जो हँसकर मुस्काकर दुख का
यह ऋण कठिन चुका लेता है,
हार मान लेते हैं उससे दुख-सुख
जीवन और मरण भी।
हँसकर दिन काटे सुख के,
हँस खेल काट फिर दुख के दिन भी।

(10)

कल नभ पर छाई थी ऐसी
सघन घनों की काली चादर,
ऐसा लगता था न कभी फिर
मुस्का पाएगा शशि सुन्दर,
किन्तु आज ही उस तम का है
नाम निशाँ तक शेष न जग में,
जड़ा खड़ा तारक-मणियों से
जगमग-जगमग करता अम्बर,
अचरज का मेला है यह जग
कभी अंधेरा कभी उजेरा

मधु में यहाँ छिपा रहता है
काल-हलाहल का क्रन्दन भी
हँसकर दिन काटे सुख के,
हँस खेल काट फिर दुख के दिन भी।

(11)

टूटे वे सपने ही जब लख
जिन्हें अमरता थी शरमाई,
सूखा वह मधु ही जब जिसके
सम्मुख अमर तृषा सकुचाई
छूट गए वे साथी ही जिनके
नयनों की स्नेह-छाँह में—
रोती-सी ज़िन्दगी फूल की
मुस्कानें भर कर मुस्काई,
दे न सके सब साथ पंथ पर
वे अमरत्व-शिला के पुतले,
फिर रे! कब तक घिरा रहेगा
जीवन के नभ पर, दुख-पान भी।
रहे न जब सुख के ही दिन
तो कट जाएँगे दुख के दिन भी।

गीतिकाएं

1

हम तो समझे थे तुम आये तो बहार आयेगी
ये न सोचा था कि फूलों में ही ठन जायेगी।

रोज़ ही होते गये भक्त अगर उच्छृंखल
डर है मन्दिर में न सूरत ही नज़र आयेगी।

तुम जहाँ पहुँचे हो वो ऐसी जगह है यारो!
इक ज़रा भूल से तस्वीर बदल जायेगी।

अपने रंग-रूप प' इतना तो न इतरा गोरी
जुल्फ़ सोने की ये चाँदी में बदल जायेगी।

चूड़ियाँ करती हैं जैसे किसी सिन्दूर की याद
यूं ही 'नीरज' की कभी याद तुम्हें आयेगी।

2

बदन प' जिसके शराफ़त का पैरहन देखा
वो आदमी भी यहाँ हमने बदचलन देखा।

ख़रीदने को जिसे कम थी दौलते-दुनिया
किसी कबीर की मुट्ठी में वो रतन देखा।

मुझे दिखा है वहाँ अपना ही वतन ज़ख्मी
कहीं जो तीर से घायल कोई हिरन देखा।

बड़ा न छोटा कोई फ़र्क बस नज़र का है
सभी प' चलते समय एक-सा कफ़न देखा।

ज़ुबाँ है और, बयाँ और, उसका मतलब और
अजीब आज की दुनिया का व्याकरण देखा।

लुटेरे डाकू भी अपने प' नाज़ करने लगे
उन्होंने आज जो संतों का आचरण देखा।

जो सादगी है 'कहन' में हमारे नीरज की
किसी प' और भी क्या ऐसा बाँकपन देखा।

3

समय ने जब भी अँधेरों से दोस्ती की है,
जलाके अपना ही घर, हमने रोशनी की है!

सुबूत हैं मेरे घर में धुएँ के ये धब्बे,
कभी यहाँ प' उजालों ने ख़ुदकुशी की है!

कभी भी वक़्त ने उनको नहीं मुआफ़ किया
जिन्होंने दुखियों के अश्कों से दिल्लगी की है!

न हम न तुम ही ज़माना करेगा कल निर्णय
कि तुमने राहज़नी की या रहबरी की है।

जली हैं आग में जब-जब भी शहर की सड़कें
मेरे ही पाँव के छालों ने कुछ नमी की है!

न लड़खड़ाया कभी और न कभी बहका हूँ,
मुझे पिलाने में फिर तुमने क्यों कमी की है?

'किसी के जख़्म को मरहम दिया है गर तूने
समझ ले तूने ख़ुदा की ही बंदगी की है!'

बहुत हैं और यहाँ गीतकार ऐ नीरज
हमी ने सिर्फ़ हरेक रात रेशमी की है।

4

बात अब करते हैं क़तरे भी समन्दर की तरह।
लोग ईमान बदलते हैं कलेण्डर की तरह।

ना कोई राह, न मंज़िल, न कोई मक़सद है
है ये जनतन्त्र यतीमों के मुक़द्दर की तरह।

बस वही लोग बचा सकते हैं इस कश्ती को
डूब सकते हैं जो मँझधार में लंगर की तरह।

मैंने ख़ुशबू-सा बसाया था जिसे तन-मन से
मेरे पहलू में वही बैठा है खंजर की तरह।

मेरा दिल झील के पानी की तरह काँपा था
तुमने वो बात उछाली थी जो कंकर की तरह।

जिनकी ठोकर से क़िले काँप के ढह जाते थे
कल की आँधी में उड़े लोग वो छप्पर की तरह।

तुझसी शोहरत न किसी को भी मिले ऐ 'नीरज'
फूल भी फेंके गये तुझ पै' तो पत्थर की तरह।

5

देखकर वक़्त का ये अजब फ़ैसला
हमको रोते हुए भी हँसी आ गई!

जिनकी ख़ुशबू से कोई न पहचान थी
उनके घर फूलों की पालकी आ गई!

अब अँधेरों के घटने की आशा नहीं
अब सवेरे की कोई न उम्मीद है

मोमबत्ती भी जिनसे नहीं जल सकी
उनके हाथों में सब रोशनी आ गई!

सुबह को और कुछ, शाम को और कुछ
धूप में और कुछ, छाँव में और कुछ

हमने देखे जो चेहरे ये इन्सान के
हमको अपने प' शर्मिन्दगी आ गई!

मेरे यारों का कितना हुआ है पतन
हमसे कहते हुए भी न कहते बने

जिनके होंठों प' थी रहबरी की क़सम
उनकी फितरत में अब रहज़नी आ गई!

कुछ न तुम कह सके, कुछ न हम कह सके
वो मिलन का मुहूरत गुज़र यूँ गया

जब तलक हो अधर का अधर से मिलन
बीच में आँसुओं की नदी आ गई!

ख़ुद-ब-ख़ुद दिल की धड़कन है बढ़ने लगी
डगमगाने लगे हैं क़दम भी मेरे

कोई माने न माने मुझे लग रहा
अब निकट साँवरे की गली आ गई।

6

अब तो इक ऐसा वरक़ मेरा-तेरा ईमान हो
इक तरफ़ गीता हो जिसमें इक तरफ़ क़ुरआन हो।

काश ऐसी भी मोहब्बत हो कभी इस देश में
मेरे घर उपवास हो जब तेरे घर रमज़ान हो।

मज़हबी झगड़े ये अपने आप सब मिट जायेंगे
और कुछ होकर न गर इन्सान बस इन्सान हो।

कृष्ण की वंशी का आशिक़ तू भी हो जायेगा दोस्त
बज़्म में तेरी अगर शामिल कोई रसखान हो।

साथियो! अपनी मशालें गुल न कर देना अभी
क्या पता इस अम्न के पीछे कोई तूफ़ान हो।

गीत रो-रोकर लिखे हैं हमने केवल इसलिए
आँसुओं का क़हक़हों के मंच पर सम्मान हो

अपना ये हिन्दोस्ताँ होगा तभी हिन्दोस्ताँ
हाथ में हिन्दी के उर्दू का कोई दीवान हो।

7

जब भी इस शहर में कमरे से मैं बाहर निकला
मेरे स्वागत को हरेक जेब से खंजर निकला।

तितलियों-फूलों का लगता था जहाँ पर मेला
प्यार का गाँव वो बारूद का दफ़्तर निकला।

डूबकर जिसमें उबर पाया न मैं जीवन-भर
एक आँसू का वो क़तरा तो समन्दर निकला।

मेरे होंठों प' दुआ उसकी जुबाँ पर गाली
जिसके अन्दर जो छुपा था वही बाहर निकला।

ज़िन्दगी-भर मैं जिसे देखके इतराता रहा
मेरा सब रूप वो मिट्टी की धरोहर निकला।

बो तेरे द्वार प' हर रोज़ ही आया लेकिन
नींद टूटी तेरी जब हाथ से अवसर निकला।

रूखी रोटी भी सदा बाँटके जिसने खाई
वो भिखारी शहंशाहों से बढ़कर निकला।

क्या अजब चीज़ है इन्सान का दिल भी नीरज
मोम निकला ये कभी तो कभी पत्थर निकला :

8

आदमी ख़ुद को कभी यूँ भी सज़ा देता है
रोशनी के लिए शोलों को हवा देता है।

ख़ून के दाग़ हैं दामन प' जहाँ सन्तों के
तू वहाँ कौन से 'नानक' को सदा देता है।

एक ऐसा भी वो तीरथ है मेरी धरती पर
क़ातिलों को जहाँ मन्दिर भी दुआ देता है।

मुझको उस वैद्य की विद्या प' तरस आता है
भूखे लोगों को जो सेहत की दवा देता है।

चील-कौओं की अदालत में है मुजरिम कोयल
देखिये वक़्त ये अब फैसला क्या देता है।

तू खड़ा हो के कहाँ माँग रहा है रोटी
ये सियासत का नगर सिर्फ़ दग़ा देता है।

मैं किसी बच्चे की मानिन्द सुबक उठता हूँ
जब कोई माँ की तरह मुझको दुआ देता है।

साँस के बोझ से जब रूह तड़प उठती है
वो तेरा प्यार है जो दिल को हवा देता है।

मत उसे ढूँढ़िए शब्दों के नुमायश घर में
हर पपीहा यहाँ 'नीरज' का पता देता है।

9

जागते रहिए ज़माने को जगाते रहिये
मेरी आवाज़ में आवाज़ मिलाते रहिये।

हमने कल रात जलाये थे जो चौपालों पर
उन अलावों की ज़रा राख हटाते रहिये।

नींद आती है तो तक़दीर भी सो जाती है
कोई अब सो न सके गीत वो गाते रहिये।

भूखा सोने को भी तैयार है ये देश मेरा
आप परियों के उसे ख़्वाब दिखाते रहिये।

वक़्त के हाथ में पत्थर भी है और फूल भी हैं
चाह फूलों की है तो चोट भी खाते रहिये।

जाने कब आख़िरी ख़त आपके नाम आ जाये
आपसे जितना बने प्यार लुटाते रहिये

रती आँखें उन्हें मुमकिन है कि याद आ जाये
हाथ हत्यारों के अश्कों से धुलाते रहिये।

प्यार भी आपको हो जायेगा रफ़्ता रफ़्ता
दिल नहीं मिलता तो नज़रें ही मिलाते रहिये।

क्या अजब है कि समय फिर से मिला दे हमको
टूट जाने प' भी रिश्तों को निभाते रहिये।

आपसे एक गुज़ारिश है यही नीरज की
भूले भटके ही सही घर मेरे आते रहिये।

10

अब तो मज़हब कोई ऐसा भी चलाया जाये
जिसमें इन्सान को इन्सान बनाया जाये।

जिसकी ख़ुशबू से महक जाये पड़ोसी का भी घर
फूल इस क़िस्म का हर सिम्त खिलाया जाये।

आग बहती है यहाँ गंगा में झेलम में भी
कोई बतलाये कहाँ जाके नहाया जाये।

प्यार का खून हुआ क्यों ये समझने के लिए
हर अंधेरे को उजाले में बुलाया जाये।

मेरे दुख-दर्द का तुझ पर हो असर कुछ ऐसा
मैं रहूँ भूखा तो तुझसे भी न खाया जाये।

जिस्म दो होके भी दिल एक हों अपने ऐसे
मेरा आँसू तेरी पलकों से उठाया जाये।

गीत उन्मन है, ग़ज़ल चुप है, रुबाई है दुखी
ऐसे माहौल में 'नीरज' को बुलाया जाये।

11

तेरा बाज़ार तो महँगा बहुत है
लहू फिर क्यों यहाँ सस्ता बहुत है।

सफ़र इससे नहीं तय हो सकेगा
वह रथ परदेश में रुकता बहुत है।

न पीछे से कभी वो वार करता
वो दुश्मन है मगर अच्छा बहुत है।

नहीं क़ाबिल ग़ज़ल के है ये मेहफ़िल
यहाँ पर सिर्फ इक मतला बहुत है।

चलो फिर गाँव का आँगन तलाशें
नगर तहज़ीब का गन्दा बहुत है।

क़लम को फेंक, माला हाथ में ले
धरम के नाम पर धन्धा बहुत है।

अकेला भी है और मज़बूर भी है
वो हर इक शख़्स जो सच्चा बहुत है।

सुलगते अश्क और कुछ ख़्वाब टूटे
ख़ज़ाना इन दिनों इतना बहुत है।

यहाँ तो और भी हैं गीत-गायक
मगर नीरज को क्यों चर्चा बहुत है।

12

निर्धन लोगों की बस्ती में घर-घर कल ये चर्चा था
वो सबसे धनवान था जिसकी जेब में खोटा सिक्का था।

अपने शहर में उस दिन मैंने भूख का ये आलम देखा
दूध के बदले इक माँ के आँचल से ख़ून टपकता था।

खेत जले, खलिहान जले, सब पेड़ जले, सब पात जले
मेरे गांव में रात न जाने कैसा पानी बरसा था।

अपने देश की हालत मुझको बिल्कुल वैसी दिखती है।
जैसे बाज़ के पंजे में इक गौरैया का बच्चा था।

गीतों की क़िस्मत में इक दिन ऐसा भी दिन आना था
उतना ही वो महँगा था जो जितना ज़्यादा सस्ता था।

सारी महफ़िल सुनकर जिसको झूम-झूमकर मस्त हुई
दो तो गीत नहीं था मेरा, आँसू का इक क़तरा था।

'नीरज' उसकी याद हृदय में अब भी तड़पा करती है।
आधी रात मेरे घर में जो बेला कभी महकता था!

13

कुल शहर बदहवास है इस तेज़ धूप में
हर शख़्स ज़िन्दा लाश है इस तेज़ धूप में।

हारे थके मुसाफिरो आवाज़ उन्हें दो
जल की जिन्हें तलाश है इस तेज़ धूप में।

दुनिया के अम्नो चैन के दुश्मन हैं वही तो
सब छाँव जिनके पास है इस तेज़ धूप में।

नंगी हरेक शाख हरेक फूल है यतीम
फिर भी सुखी पलाश है इस तेज़ धूप में।

वो सिर्फ तेरा ध्यान बँटाने के लिए है
जितना भी जो प्रकाश है इस तेज़ धूप में।

पानी सब अपना पी गई ख़ुद हर कोई नदी
कैसी अजीव प्यास है इस तेज़ धूप में।

बीतेगी हाँ बीतेगी ये दुख की घड़ी ज़रूर
नीरज तू क्यों निराश है इस तेज़ धूप में।

14

जो कलंकित कभी नहीं होते
वो तो वन्दित कभी नहीं होते।

जिनको घायल किया न काँटों ने
वो सुगन्धित कभी नहीं होते।

लोग करते न गर हमें बदनाम
हम तो चर्चित कभी नहीं होते।

‘ढाई आखर’ बिना पढ़े जग में
ज्ञानी पण्डित कभी नहीं होते।

फूल की उम्र गर बड़ी होती
भृंग मोहित कभी नहीं होते।

देखते हैं न दिल का दर्पन जो
ख़ुदसे परिचित कभी नहीं होते।

सिर्फ आवाज़ ही बदलती है
स्वर तिरोहित कभी नहीं होते।

15

करने चले थे होम मगर हाथ जल गये
हम यूँ हँसे कि आँख से आँसू निकल गये।

दिखते हैं सबसे पीछे यहाँ आज वो ही लोग
मरने के दिन जो मौत से आगे निकल गये।

वो दिन जो ज़िन्दगी के गुज़ारे तेरे बग़ैर
कुछ अश्क बन गये तो कुछ गीतों में ढल गये।

दरो-रहम की राह में जो लड़खड़ाये पाँव
आये वो मयकदे में तो ख़ुद ही सँभल गये।

है इश्क़ जिसका नाम वो इक ऐसी आग है
जो भी बुझाने आये इसे ख़ुद वो जल गये।

आयेगी कल बहार इसी एक आस में
टूटे हुए घिरौदों से भी हम बहल गये।

इस कारवाने-क़ौम की इतनी है दास्ताँ
रस्ते वही हैं सिर्फ़ मुसाफ़िर बदल गये।

नीरज का हाल कोई जो पूछे बताइयो
हम तो वही हैं आज भी पर वो बदल गये।

16

शाम ढलने के लिए रोज़ सुबह सजते हैं
वक्त की मेज प' हम दर्द के गुलदस्ते हैं।

क्या अजब दौर है दुनिया का आजकल लोगो।
मिट्टी तो महँगी है इन्सान मगर सस्ते हैं।

फूल अक्सर वही होते हैं बड़े क़ातिल जो
सूरतो-शक्ल से मासूम बहुत दिखते हैं।

और हम लिखते हैं अख़बार में छपने के लिए
हम ज़माने को बदलने के लिए लिखते हैं।

हमने आवाज़ जो बेची तो किया क्या अपराध
जिन्स की तरह से ईमान यहाँ बिकते हैं।

उनकी महफ़िल में गुज़र हो भला कैसे अपनी
हम तो इन्सान हैं बस और वो फ़रिश्ते हैं।

यूँ तो हम मौत से भी मर नहीं सकते 'नीरज'
बात लग जाये तो बेमौत भी मर सकते हैं।

17

उनका कहना है कि नीरज ये लड़कपन छोड़ो।
सुख की छाँवों में चलो दर्द का दामन छोड़ो।

अब तो तितली के परों प' भी है नज़र उनकी
अब मुनासिब है यही दोस्तो! गुलशन छोड़ो।

काव्य के मंच प' करते हैं विदूषक अभिनय
तुमको अभिनय नहीं आता है तो ये फ़न छोड़ो।

तुम तो मुट्ठी में लिये बैठे हो सारा बाज़ार
ग़म के मारों के लिए कोई तो दामन छोड़ो।

जब से तुम आये यहाँ ख़ून की बरसात हुई
अब तो कुछ रहम करो छोड़ो ये आँगन छोड़ो।

ज़ुल्म का दौर किसी तौर भी बदले न अगर
ज़ीस्त के वास्ते फिर ज़ीस्त का दामन छोड़ो।

18

कहानी बनके जिये हम तो इस ज़माने में
लगेंगी आपको सदियाँ हमें भुलाने में।

न जिनको पीना भी आये न पिलाना आये
शरीफ़ ऐसे भी आ बैठे हैं मैख़ाने में।

ग़रीब क्यों न रहे देश की सारी बस्ती
हैं क़ैद खुशियाँ सभी एक ही घराने में।

न आग फेंको मेरे मुस्कराते फूलों पर
मिलेगी ऐसी न खुशबू किसी ख़ज़ाने में।

जो रोते दिल को हँसाने में इबादत होती
बड़ी है उससे इबादत कहाँ ज़माने में।

गिरी हैं बिजलियाँ कुछ ऐसी चमन पर अपने
कि अब तो बच्चे भी डरते हैं मुस्कराने में।

है उसके वास्ते पागल सली अब तक
कोई तो बात है नीरज के गुनगुनाने में।